第一章/私自离队

今天，教练告诉谢小桐得退回到省队。

"我才来国家队两年，请再多给我一点儿时间，我一定会证明自己的价值。"她说。

教练摇摇头，答："妳已经18岁，叶诗文16岁时就已经在奥运会上夺冠……放心，以后还有机会重回国家队，我看好妳，加油！"

打从四岁起，谢小桐便与游泳结下不解之缘，6岁进入区业余队（所谓的3线队）后，每天固定训练的时间在1到2个小时，等进入市队，强度加大，不过还能有一半的时间花在文化课上，一旦进入省队，那就不是闹着玩的，12000～13000米的水下训练是每天的标配，以致于只能利用晚间学习文化课（其余时间都让给了训练），她能感觉到自己与昔日同窗的学业差距越来越大……

在一次重要的省级比赛中，国家教练挑中了她，这对谢小桐来说，也算是天道酬勤的体现（天知道为了进入国家队，她吃了多少苦，受了多少罪）。哪晓得进入国家队没多久，谢小桐就陷入低谷期，她以为自己不会那么快被放弃，没想到现实比想象还要残酷。当"重回省队"的消息传来时，谢小桐整个人傻住了，因为运动员的黄金时期很短，她不知道以她18岁的"高龄"，是否还能从省队崛起，再度冲刺奥运会？

正当她收拾个人物品，准备离开时，母亲打来电活，告知奶奶离世的消息。

谢小桐与奶奶的感情极好，听此噩耗，当场痛哭失声。其他队员见状，还以为她是因为离开国家队才情绪激动，纷纷好言相劝，让她更加无助与悲伤……

奶奶出殡后，父亲把谢小桐叫到一旁，说："奶奶是在睡梦中去逝的，没经过病痛，这是值得安慰的事，还有，她曾口头立下遗嘱，要把银行账户里的钱全留给妳，但妳只能将钱用在旅游上。"

谢小桐的奶奶一生都没有离开过从小生长的地方，如今她把"现金遗产"全留给了谢小桐，还备注只能用在旅游上（应该是心疼孙女平日太过劳累），可见她爱孙心切。

后来，谢小桐的父亲陪她一同上银行取钱，一共是15062元。

"妳奶奶一生节俭，这个钱是她从牙缝里省下来的。"她父亲对她说。

不用父亲提醒，奶奶的勤俭持家，谢小桐全看在眼里，所以内心充满感激。

"有了这笔钱，妳打算上哪儿旅游？"她父亲接着问。

"还没想好，等我回到省队，了解训练和赛事安排后，再做决定吧！"

虽然重回省队令她气馁，但谢小桐从未想过放弃，所以丧假一结束，她便收拾行囊到省队报到，奈何重回国家

谢小桐（简体字版）

MISS XIE (A NOVEL WRITTEN IN SIMPLIFIED CHINESE CHARACTERS)

B杜

British Library Cataloguing-in-Publication Data. A CIP catalogue record for
this book is available from the British Library.

ISBN 978-1-915884-44-2 (ebook)

ISBN 978-1-915884-43-5 (print)

For my Family

队的心实在太过急切，超时与超量训练的结果，导致她旧疾复发，队医说起码得休息两周以上……

"谢小桐，再过两个月就是全运会了。"教练对她说。

"我知道，但腰背拉伤了，我也没办法。"她答。

"也许妳到市队养伤，把机会让给后辈。"

"什么意思？我不过是一时受伤，又不是从此游不动了。"

教练要她冷静点儿，这不是和她打商量吗？如果不愿意，他也不强求，毕竟劝退也得走程序。

与教练谈话过后，谢小桐越想越气，没报备就私自离队，这是犯大忌，最糟糕的情况很可能再也不能回归。

"小桐，妳想清楚了吗？"她母亲问。

"想清楚了。"她边打包行李边答，"反正队医说得休息两周以上，我索性度假去。"

"我的意思是——妳不给省队打声招呼吗？他们正等着妳表态。"

所谓的表态就是为自己的鲁莽行为道歉，而她不想在这个节骨眼上给自己添堵。

"等我回来再说吧！如果心情好就道歉，如果心情不好就免谈。"她答。

"那也好，路上小心点。"她母亲一答完，又重回小说世界里。

听去世的奶奶讲过，当年谢小桐刚满月，她母亲就敢把她放进婴儿车里，然后推到门口的大树下，来个眼不见为净（自己回屋看小说去）。现在看来，对首次出国旅游的女儿，做母亲的只道声小心点，也就不难理解了。

这类离谱的事情经历多了，也难怪谢小桐总感觉自己有两个母亲，一个活在现实生活中，另一个则活在虚无缥缈里；反观谢小桐的父亲，虽然他也做梦，但无疑靠谱很多，譬如下班后还会勤勤勉勉地做画，每年总能卖出一、两幅贴补家用。

"爸，妈好像经常做白日梦，你也不管管？"某天，她问父亲。

"妳母亲若不做梦，也不会嫁我，何况她偶尔的灵魂出窍还是我做画的灵感来源。"

真是一个愿打，一个愿挨！不过有句话倒是说对了，那就是以她母亲的家境，如果不是脑袋不清醒，还真下不了决心下嫁，而那次的一意孤行也直接导致谢家与杨家（她母亲的原生家庭）决裂，直到现在都还没有缓和迹象，家族中大概也只有舅舅还愿意搭理他们一家。

"小桐，我无儿无女，妳就是我的女儿，即使妳想要天上的星星，我也会摘下来送给妳。"舅舅曾对她说。

随着年纪渐长，她开始质疑话里的真实性，某天，她真的对舅舅说她想要天上的星星，没想到几天过后便收获一整盒的施华洛世奇八角珠水晶，五颜六色，煞是好看！

然而谢小桐的"星星"梦很快就被她奶奶给扼止了，理由是年轻人不该被华而不实的东西蒙蔽双眼，应该追逐更高一层的内在升华……

水晶被送回去之后，舅舅曾私下对她说："小桐，我先帮妳收着哈！妳随时可以要回去，还有，等妳再大一点儿，我会给妳买各色珠宝和钻石，只要妳开心。"

其实，谢小桐对珠宝首饰的兴趣不大，之所以要求买"星星"纯属"打假"，结果舅舅非但没食言，还应允她更多，待她之好及经济实力之强可见一斑。

"小桐，"她母亲忽然从小说世界里抽离出来，"妳舅舅知道妳离队后，说想见妳。"

"什么时候的事？"她看了一眼墙上挂钟，"飞机还有五个小时就要起飞了。"

"不是还有五小时吗？"她母亲反问，"他家就在飞机场边上。"

"在飞机场边上"纯属胡说八道，不过离得不远倒是事实。

"好，上机前我顺道去拜访一下。"她答。

第二章 / 多金舅舅

因为家族背景雄厚，谢小桐的舅舅很早就实现财务自由，但近年来似乎更加发达，这可以从他出手越来越阔绰且房子越换越大中看出，好比眼前的这一栋，地下两层，地上三层，有个大花园，占地面积超过2亩，屋内装修豪华，像个皇宫似的，虽然地理位置偏了点儿，但仍十分优越，5分钟就能上高速公路且周边配套设施完善。

"小桐，妳来了。"她舅舅从房内走出来迎接，身上仍穿着居家服，"怎么还带着行李？"

"我坐晚上6点多的飞机到巴厘岛。"她答。

"这抵达巴黎不得十多个小时？"

谢小桐纠正是巴厘岛，不是巴黎，印度尼西亚的那一个。

她舅舅噢了一声后，看向客厅的古董钟，接着说机场就在附近，还来得及喝杯果汁再走。

谢小桐其实不愿火烧屁股了才赶路，但喝杯果汁的时间是有的，于是坐了下来。不一会儿，佣人便端上清甜的西瓜汁，喝起来甘冽爽口。

"怎么想去巴厘岛，而不是巴黎？"他问。

"因为我的旅费只有一万五，去不起欧洲。"

"一万五？这够干啥？"

一答完，她舅舅立即找来手机，直接转了十万元给她，还表示不够再说。

谢小桐今年才拥有自己的银行卡（以前未成年，银行卡与父亲的账户关联），她舅舅并不知情。换言之，这笔从天而降的财富极可能被父亲半路拦截并退回去，但谢小桐毫不在意，因为她也认为无功不受禄，何况逝去的奶奶曾告诫她——收下不属于自己的东西，最终都会以别种形式失去更多。

"舅舅，你去过巴厘岛吗？"她问。

"没有，我不去东南亚国家。"他答。

"为什么？"

"危险。"

谢小桐不知道舅舅的判断从何而来，但很多外国人到巴厘岛度假是不争的事实，应该还是相对安全才对。

"妈说你找我，有事吗？"谢小桐没忘记此行目的，遂提醒。

"妳不说，我还真忘了。"她舅舅笑了，"听说省队教练找妳麻烦，他叫什么名字？"

"你想干嘛？"

"用钱疏通一下。"

这个想法立即被谢小桐否绝掉，她宁愿被开，也不想走后门。

"我是担心妳受欺负，既然妳觉得不好，我就不试了，妳知道我不会做令妳不开心的事。"

"谢谢舅舅！"她看了一眼时间，"我该走了。"

"我送妳。"

"方便吗？"

"方便，我每天就上上电脑，时间多的是，而且妳还没看过我新买的车呢！"

谢小桐的舅舅新近买了一辆帕加尼Zonda HP Barchetta，是帕加尼汽车公司创始人奥拉西欧·帕加尼亲手设计的，全球限量3台。

毫无疑问，当这辆宝蓝色跑车抵达航站楼时，立即引起骚动。紧随其后的是一辆劳斯莱斯，两名西装革履的男人下车后就站在雇主身边眼观六路、耳听八方，谢小桐的行李箱还是司机取下的。

（注：帕加尼Zonda HP Barchetta只有2人座，无后备箱和前备箱，意思是不具备装载物品的空间。）

"小桐，妳难得出去旅游，我让我的保镖跟着妳吧！"

听舅舅这么一说，谢小桐吓坏了，立即表示若要保镖跟着，她宁愿取消行程。

"我这不是担心妳吗？"她舅舅说。

"我没钱，谁会对我感兴趣？再说，虽然我没学过武功，但体力好，跑得又快，想扳倒我，还得有点儿真本事，所以……真不需要。"

话都说到这个份上，她舅舅也只好接受，叮咛她注意安全后，与保镖一同扬长而去。

虽然人走了，兴许是猜疑心在作祟，一路上，谢小桐不时左顾右盼，害怕舅舅食言（实际又安排保镖跟在她身后），以致草木皆兵，直至上了飞机，她才真正放下心来。

"飞机会在香港转机，"她心想，"抵达巴厘岛是隔日清晨七点多，我可以在机上睡个好觉。"

第三章/身无分文

谢小桐在乌布订了一个专供女性住宿的青旅，价格不便宜，一个床位就要60万印尼盾/晚，但重在安全性高（只限女性居住）、位置好（靠近乌布皇宫和圣猴公园）、包早餐（多吃点儿，中午那餐可省下来）且有免费课程（譬如冥想课、瑜伽课等）和免费服务（譬如按摩、美甲等）。

她在青旅待了两天，把免费课程和免费服务都体验完毕，同时四周步行范围内可达的景点也都参观了，这才租了辆摩托车，开始环岛大冒险。

第一天，主要在北部地区探险，包括德格拉姆梯田、Tegenungan瀑布、艺术市场、海神庙等。

第二天往南，参观了一些著名海滩和据说是爱情圣地的情人崖。在谢小桐看来，情人崖就是一个面朝大海的普通断崖，唯一跟爱情扯上边的大概是一个用石头堆砌起来的心形石雕，适合情侣拍照打卡。

由于抵达情人崖时适逢落日，谢小桐找了个临崖酒吧，边饮鸡尾酒边将美丽的夕阳拍下，哪知一只顽猴竟趁她不备，抢走了放在桌上的斜挎包。

兹事体大，她赶紧跟酒保要来一碟花生。

"Hello，花生给你，包还我。"她好声好气地对猴子说。

然而事与愿违，可怕的一幕发生了——猴子扔下包，跑过来领赏，谢小桐就这么眼睁睁地看着她的包直下三千尺……

"老天！"她一把抓住猴子，"看你都干了……"

话还未说完，谢小桐的右手臂就被狂躁的猴子给咬了一口，留下一道约3公分的齿痕，上面血迹斑斑。

酒吧内的客人都见证了这灾难性的一刻，谢小桐呆在原地，既狼狈又无助……

"让我看看妳的伤口。"一名小伙子走过来对她说，说的还是普通话。

难得遇到救星（还是个同胞），谢小桐很配合地伸出受伤的右手臂。

"妳的手需要看医生，但去之前，得先消消毒，妳稍等。"

男子说完，跑向吧台说了几句，再出现时，手里拿着一瓶威士忌。

"可能会有些痛，妳忍忍哈！"他说。

当威士忌冲洗伤口时，谢小桐倒不觉得有多痛，但她的心很痛，那瓶威士忌得多少钱啊？！

"好了，现在可以上医院了。"他停顿了一下，"妳有朋友可以载妳过去吗？"

谢小桐本来答没有，但再一想，这岂非证明她是独自旅行？不行，那太危险了！遂改口"目前"没有。

男子愣了一下，因为他分辨不出两者有何不同。

"要我载妳过去吗？"他又问。

"我……我还没付酒钱……"她涨红了脸，"事实上，我现在一分钱也没有，因为现金和银行卡都在包内，而包已被猴子扔进大海里。"

话说完，对方仍保持沉默，这让谢小桐感到害怕，莫非对方打算"见死不救"？

"不用担心，"男子终于开口，"跟我走就是。"

当他俩经过酒吧收银台时，男子扔下一沓纸钞就走，谢小桐心想："这是连同我的酒钱和那瓶威士忌也一并付了吗？"

"妳在干嘛？我的车在这边。"

听男子这么一喊，谢小桐回过神来，快步跟上。

第四章 / 白菜炖粉条

国际医院的看诊医生只会说印尼话和英语，谢小桐不会说印尼话且英语水平一般，放在从前可能要另请中文翻译员，但现在有语音翻译软件，所以问题不大。

（注：本来她还将希望寄托在"同胞"身上，奈何他一直保持沉默，大概英语水平也不行吧？！）

那位皮肤黝黑的印尼医生在看过谢小桐的伤口后，表示野生猴可能携带细菌和病毒，譬如猴疱疹、脓毒血症、破伤风、狂犬病等，一旦感染上，后患无穷。

谢小桐听过破伤风和狂犬病，但什么是猴疱疹和脓毒血症？

医生读过谢小桐递过来的语音翻译后，洋洋洒洒地对着她的手机一阵输出，原来人若感染猴疱疹，会影响中枢神经系统，病死率极高；至于脓毒血症，它是身体对感染反应异常的表现，会导致休克、血压骤降、身体器官受损等，严重时甚至会死亡。

知道自己可能"命在旦夕"，谢小桐当然全力配合，既做

13

了测试，也打了针，同时还带走数包药，比较麻烦的是两个礼拜后得复诊，而那时她已回到国内。

听完谢小桐的担忧，男子表示没事，让这里的医院给病历和医疗证明，回国后再就近复诊即可。

"明白了。"她踌躇了一会儿，"我一共欠你多少钱？"

"我算一下哈！"他点开手机计算器，快速操作一下，"加上酒钱，一共是302万印尼盾。"

302万印尼盾折合人民币约1400元人民币，数目没想象中大，谢小桐可以利用手机支付功能来支付（还好她的手机没被扔进大海里）。

"我转给你吧！微信还是支付宝？"她问。

"没有。"

"什么？"

"我没有微信，也没有支付宝。"

这个年代竟然还有中国人没有微信和支付宝？谢小桐心想这也太离谱了！

"那么我该如何付你钱？"她又问。

男子想了想，反问她会不会做白菜炖粉条？

"什么？"她扬起声问。

"我一直很想吃这道菜，可是家里的印尼女佣做不出那个味道来，如果妳会做，就当抵扣那302万印尼盾。"

谢小桐12岁起就接受专业的游泳训练，平常有专门的营养师和厨师把关，她根本无需动刀铲（也没那个时间），不过假日回到家中，她偶尔还是会在奶奶做饭时充当下手，譬如切个菜或递糖递盐等，耳濡目染下，她自认自己的厨艺应该不差。

"没问题，如果你有食材的话。"她答。

"有是有，可是现在时间晚了，我们还是约明天中午见面吧！"他说。

"不，"她冲口而出，"既然想吃，就现在做吧！"

男子考虑了一下，最后点了头，两人上车离开医院。

第五章 / 竹屋

天色已晚，谢小桐又与该名男子初次见面，贸然上门很不智，但她已饿了半天（吃过"免费且丰盛"的青旅早餐后就再也没进食过），所以急需一个"白吃白喝"的机会，何况巴厘岛的支付方式仍以现金为主，刷卡也仅限信用卡，而这两样……她"目前"皆没有。

当车窗外的景象从车水马龙转为人烟稀少时，谢小桐体内的警报器开始哇哇作响……

"你家很远吗？"她问。

"是有段距离，白天还好，到了夜里就恐怖了，心理素质得过硬才行。"

男子不答则已，一答，谢小桐更加惶恐。

"咳咳。"她故意咳嗽两声，"还没请教贵姓大名。"

"雷骏，打雷的雷，骏马的骏。"

"老家哪里？"

"老家……东北。"

"的确配得上你的名字。"

"怎么说？"

在谢小桐的印象中，东北男人大多直爽豪迈，与眼前男人的名字（雷骏）颇为般配。

当谢小桐把自己的想法说出来时，叫雷骏的男人没自谦，反而问她一个奇怪的问题——什么样的名字配得上日本人？

谢小桐没有日本朋友，只曾在比赛场合见过同场竞技的日本选手。话说回来，这个问题本身就很奇怪，怎么忽然扯上日本了？

"抱歉，我连日本姓氏都不熟，实在无法回答你这个问题。"她答。

"没关系，当我没问。"

谢小桐以为男子接下来会问她叫什么名字，结果没有，这让她多少有些不适，说好的"礼尚往来"呢？

当车子驶离"偶有人烟"的双向单车道，开始往山上开去时，谢小桐的不安加剧了，因为两旁皆是森郁的树林。

"怕吗？"姓雷的东北男人问。

"为……为什么这么问？"

"因为……算了，当我没问。"

谢小桐心想这算哪门子回答？莫非他在暗示什么？

"我是国家级游泳运动员，曾代表中国出赛。"她主动声明。

雷骏看了她一眼，说："看起来是挺像的，因为妳有宽阔的肩膀和流线型的肌肉线条，四肢也很修长。"

"是的，能当上国家运动员皆不简单，是国宝，关注度也高。"

"妳的意思是我应该认识妳？抱歉，我很少看体育新闻。"

谢小桐心想怎么走偏了？她原本希望男子看在自己是国宝级运动员的份上，打消造次的念头。

"不认识没关系，只要平平安安就好。"她答，"你家还有多远？"

男子不明白车上的女人为什么会提到"平安"，莫非不信任他的驾驶技术？

"再十分钟就能'平安'抵达，妳稍安勿躁。"

十分钟的确能"稍安勿躁"，谢小桐遂不再言语，但身心仍保持戒备状态……

"到了。"雷骏说。

听说到了，谢小桐极目探去，却不见任何屋子。

"你开什么玩笑？"她问。

"我不开玩笑，妳可以跟我一同下车，也可选择留在车内。"

雷骏答完，自顾自地下车去。

由于车灯已熄，就着朦胧的月光，谢小桐隐约看到那人"下山"去了，这如何是好？

天人交战数分钟后，谢小桐还是决定"深入虎穴"，除了饥肠辘辘的原因外，她还怕阿飘（网络流行语，指幽灵）和野生动物，前者是心理上的畏惧，后者则是生理上的威胁。

下车后，谢小桐踏着雷骏走过的足迹而行，结果发现前方不远处是下坡路，宽度只容两人并排走，倾斜度约在45度。

"这若无人带路，肯定找不着。"她嘀咕着，"一个不留意还容易摔得鼻青脸肿。"

还好前方约两百米处灯火通明，那应该就是雷骏的家，谢小桐小心翼翼地往光亮处走去……

"大白菜有一颗，"雷骏一见她就说，"粉条还剩半包，我查过了，没过期。"

谢小桐没顺着话题接下去，反而问起这里怎会有两栋屋子？

"我租下这竹屋就是看中它的睡眠区和起居区分开，因为我不喜欢被子上有油烟的味道。"

"这里有卫浴吗？"

"算有吧！如果想洗澡就下游泳池，池里的水三天换一次，至于卫生间……整个树林就是个天然的大厕所，不过我建议妳选择适中的地点，太靠近屋子，味道不好闻，倘若离得太远，又难保不被蛇类攻击。"

"蛇？"谢小桐睁大眼睛，"这里有蛇？"

雷骏表示巴厘岛的蛇多了去，其中还包括剧毒的眼镜蛇，不过无需过度担忧，因为蛇也怕人类，只要不是太缺乏"人气"，基本可以不用操心。

听说有蛇出没，谢小桐的心跌宕起伏，她决定转移话题来改变心情。

"你就只想吃白菜炖粉条？"她问。

"除了这道，其他随便，冰箱里有什么，妳看着办。噢！对了，米在洗手池下方，煮好叫我。"

雷骏答完，走回"睡眠区"。

谢小桐踌躇了一会儿，开始洗手做羹汤。

第六章 / 大雨翩然而至

谢小桐的奶奶煮过白菜炖粉条，她记得猪肉得切片，再用淀粉、生抽、盐、五香粉等腌制一下，可是她找遍厨房，就是没有五香粉，只好用胡椒粉替代。

当她将煮好的白菜炖粉条盖上锅盖后，紧接着又做了洋葱炒鸡蛋和醋溜土豆丝。

等白米饭也煮好，谢小桐即刻喊人吃饭。

"煮好了？"雷骏猛然一开门，"我差点儿睡着。"

谢小桐望向男人身后，双人床上的被褥很凌乱。

"你这是在抱怨吗？"她问，"我才用了40分钟不到。"

"妳想到哪儿去了？"他赤脚跨出屋外，"走，吃饭去。"

虽然谢小桐的右手臂受伤了，但没影响她发挥厨艺，可是雷骏似乎不太满意。

"怎么样？是不是你要的味道？"她问。

"比印尼女佣煮得好，但……这不是白菜炖粉条。"

男人可以说谢小桐的厨艺不达标，但说她煮的不是白菜炖粉条，这简直侮辱人！

"你看好了，这是白菜，这是粉条，怎么就不是白菜炖粉条？"她边用筷子指点边答。

"妳看好了，"他用筷子挑起一片猪肉，"这是什么？这是里脊肉啊！"

谢小桐说她也知道该用五花肉，无奈只找到猪里脊。

"不，妳误会了，我要的是白菜炖粉条，只有白菜和粉条，不带任何肉类。"他答。

谢小桐不明白，带肉的白菜炖粉条不是更好吃？

雷骏承认眼前的这盆"猪肉白菜炖粉条"吃起来不差，甚至谈得上美味，但他就想吃不带肉的。

"那抱歉了，我没达到你的期望。"谢小桐说。

"没关系，过两天再煮也行。"

谢小桐听完一惊，莫非今天的这道菜无法抵扣欠款，如果真是那样，未免也太不厚道了？！

雷骏解释不是这个意思，而是若过两天再煮，他会另给302万印尼盾。

谢小桐的确需要这笔钱，可是话从对方口中说出，倒像是可怜她来着。

"听着，我非常感谢你的善心，也很需要这笔钱，但我更希望用借的方式，等回国后再还你。"

结果雷骏表示她又误会了，他纯粹就想吃白菜炖粉条，如果恰好帮助到她，那也是瞎猫碰到死耗子。

"我不明白你为什么就这么想吃白菜炖粉条？何况我的厨艺也没多好。"

"妳的厨艺的确一般，但这盆菜很接近我印象中的味道，所以我相信只要去除掉猪肉，应该八九不离十了。"

由于后天一早，谢小桐就得搭机到泗水，已经等不到"过两天"，所以当下决定明天就动手煮，而且为了"一步到位"，打算隔天一早就从酒店步行到传统市场买五香粉，顺便把缺失的白菜和粉条也一并买了。

"这个计划很好，"雷骏看了一眼天空，"可惜晚了一步。"

谢小桐也看了一眼天空，一道闪光快速划过，接着轰隆一声。

"打雷了。"她说。

"是的。"

"你刚刚说什么来着？"

"我说计划晚了一步，因为今晚妳回不去了。"

"什么意思？"

"妳也看到打雷了，依目前的空气湿度，应该马上会有强降雨，如果强行离开很危险，听过山体滑坡没？那会要人命的。"

谢小桐知道山体滑坡，也晓得那的确会要人命，可是眼下只有一张床，这要怎么睡？

雷骏答只能委屈她睡起居室的沙发了，不过这还不是最糟糕的部分。

"你倒是告诉我什么才是最糟糕的部分？"她问。

"还是别讲了，免得打击妳。"他答，"碗盘就留着让女佣明天洗，我回房拿条被子给妳。"

雷骏送来被子没多久，谢小桐便听到滴滴答答的声音，像有人弄翻了一盆豆子（还是超大一盆，因为声音持续了一分多钟），紧接着便是刷刷刷的雨声，夹杂雷声和风声，仿佛世界末日来到。

起初，谢小桐尚不知死活，裹着被子，悠哉地欣赏大自然的疾风暴雨，然而随着势态越发严峻，她不得不把沙发移到厨房岛台的后方，可是依然挡不住雨水和呼啸而来的狂风，谁让这个"起居区"是通风式的，270度无遮挡，只有一侧有墙（沿墙摆放了一个双门式大冰箱和两个置物架）。

当雷骏过来解救她时，谢小桐已经成了彻头彻尾的落汤鸡。

"你就不能早点儿喊我过去？"她不无埋怨地说道。

"如果我一早就提议，妳恐怕要误会我居心不良。"他答，"妳是跟我回卧室还是不跟？我已经湿透了。"

此时的雷骏看起来耐心尽失，谢小桐遂不再抱怨，乖乖跟着他走……

第七章/奇怪的男人

他俩一进屋，雷骏便动手脱掉身上的湿衣服，左腰上那如同月饼大小的胎记随着身体的摆动而摇晃，把谢小桐给看傻了。

"别杵在那里。"他丢给她一条毛巾和一件衣服，"衬衫的长度应该能盖住妳的屁股。"

谢小桐踌躇了一会儿才开始脱衣、穿衣和擦拭身体，可是头发一时干不了。

"你有吹风机吗？"她问。

"没有。"他答。

"那……"

"用毛巾包住头发吧！"他指了指床的一侧，"那边给妳睡，对了，妳睡觉打呼吗？"

"不打。"

"那太好了，我受不了打呼的声音。"

起初，谢小桐睡得很不安稳，但疲倦感很快袭来，她的警备状态也一点一滴地松懈下来，到最后竟整个弃械投降……

隔日，她被叽叽喳喳的鸟叫声给唤醒，当她坐起时，看到落地门外洒满了阳光，正前方是一畦哇的梯田往上，左右两边有大片叶子的倒影，不远处还有一个垂挂下来的竹制吊椅。

"这是哪里？"她喃喃自语。

"这是我家。"

谢小桐往左一看，吓得心脏差点儿跳到嗓子眼。

"你……你怎么在这儿？"她颤抖着问。

"我说了，这是我家，我当然在这里。"

听到这个回答，谢小桐的记忆回来了，她想起昨晚的疾风暴雨。

"抱歉，"她咳嗽两声，"昨晚天昏地黑，我一时没认出来。"

"也难怪妳没认出来，白天的竹屋和夜里的竹屋的确是两种不同的风貌，不过妳得有心理准备，因为经过昨晚的肆虐，现在外面应该是狼藉一片。"

果不其然，院子里到处是落叶和杂物，树木也横七竖八，泳池里的水就更别提了，不知道的还以为池子里装的是泥浆……

虽然触目所及皆是"浩劫后"的惨状，但仍难掩屋子本身的魅力，看得出设计师花费了不少心思，处处彰显着匠心独运的艺术品质。

"竹屋的竹子是打哪儿来的？"她问。

"本地产的，据说来自Karangasem山，那里的竹子含糖量较低，可以降低白蚁啃噬的可能性。"他答。

"我要是你，绝不会选这么偏僻的原始建筑居住，因为美则美矣，但太不便利了，还得时刻提防蚊虫叮咬和来自丛林'不速之客'的威胁。"

"我怕的是人，所以这些都可以忽略不计。"

谢小桐心想人有什么好怕？何况雷骏还是堂堂七尺之躯。

"我猜你怕的是坏人。"她说。

"不，我怕的是好人，法定意义上的好人。"他停顿了一下，"不说了，妳就着厨房用水抹把脸吧！我们马上出发。"

谢小桐问去哪儿？雷骏答早市，因为今日中午有个"白菜炖粉条"之约。

这下子又唤醒谢小桐的记忆，她赶紧梳洗一番……

当他俩终于"爬"到主路上时，恰巧有辆车颠簸着开过来。雷骏见状，立即钻进自己的座驾。

"干嘛这么赶？"谢小桐也入座，同时系上安全带，"咦！那两人下车了，看样子是往你家的方向走去。"

"他们是我的女佣和园丁，由于昨晚下暴雨，我让他俩提早过来收拾残局。"他答。

"既然这样，你为何不打声招呼？"

"没那个必要。"

谢小桐心想这个雇主未免也太不近人情了，若说他社恐或自命清高也不像，反正就是哪里怪怪的。

"我们现在下山去，"他又说，"12点回，时间相当充裕，妳可以顺便买身合适的衣服。"

由于昨晚被打湿的衣服尚未干透，谢小桐依旧穿着雷骏的衣服，上身是宽宽大大的衬衫，下身则是松垮的海滩裤（为了防止海滩裤滑落，腰间还系上男式皮带）。

"好，买衣服的钱就从那302万印尼盾中扣除。"她答。

雷骏没接话，开始发动车子……

第八章 / 分道扬镳

车子在双向单车道上左拐右绕，谢小桐越看越熟悉，这不是乌布吗？

"停停停……"她喊。

雷骏赶紧路边停车，接着询问停车理由。

"看到那家青旅没？我就住那里。"她松开绑在身上的安全带，"你等会儿，我回房换衣服，这样就不用花钱买衣服了。"

雷骏百无聊赖地坐在车内等，当就快失去耐心时，谢小桐小跑步过来，样子颇为神秘。

"看我带了什么？"她打开用餐巾纸包裹的东西，"是沙嗲。"

"哪儿来的？"

"我住的青旅包早餐，怕你等太久，我快速吃完后，又给你带了沙嗲。"

"为什么？"

谢小桐被问住了，这不明摆着？还需要问吗？

"因为你没吃早餐啊！"她忽然感到委屈，"我还特地拿了一瓶水，就怕你干吃口渴。"

在雷骏的成长过程中，很少有人会主动对他好，以致他一时不知该如何反应。

看男人呆若木鸡，谢小桐也来了气，说："你不吃就算了，反正也不是什么好东西……"

"不，我吃。"

话一答完，雷骏吃了起来，连水也喝了不少。

"好吃吗？"她忍不住问。

"还行。"

"噢！对了，你借我的衣服，我已经手洗了，下午肯定干，到时候再还你。"

"好。"

雷骏吃完后，车子再度发动，不一会儿便抵达目的地（去的其实是谢小桐之前提到过的传统市场），雷骏说是早市，她还以为是另一个市场呢！然而不管是传统市场或早市，都像极了农贸市场，举凡蔬菜、水果、鱼类、肉类、干果、香料、点心、熟食、杂货等，一应俱全。另外，祭祀用品（譬如小花篮、花圈等）也很常见，因为祭拜神灵是巴厘岛人每天都要做的事。

谢小桐买完食材，想着应该打道回府了，然而雷骏却表示时间还早，不如找家咖啡馆坐坐。

巴厘岛最不缺的就是咖啡馆，好比不远处就有一家，于是他俩横越马路而去，这才发现原来是家宝藏店，窗外正是美得令人窒息的稻田风光。

"明天妳就要到泗水去了，机票和酒店都订好了吗？"雷骏问。

"订好了，也好在已事先订好，若搁到现在才订，岂不是天价？"她答。

"泗水最有名的便是火山，妳应该也报名了吧？！"他接着问。

"没，原本我打算抵达后再报，现在看来也报不了了，因为……"

谢小桐没继续说下去，但雷骏懂的（无非是钱的问题）。

没多久，服务员端来咖啡。

"妳喜欢猫屎咖啡？"他三问。

所谓的猫屎咖啡又叫麝香猫咖啡，起因是麝香猫在吃完咖啡果后，会把咖啡豆原封不动地排出体外，这些经过胃酸发酵后的咖啡豆，饮用起来更加醇厚，于是人们开始人工化饲养，如今猫屎咖啡已成了国际市场上的抢手货。

"尝新吧！"她答，"因为这玩意儿在印尼以外都卖得贼贵。"

"起初，我的想法跟妳一样，一天一杯，但自从知道麝香猫的可怜处境后，就再也没喝过。"

"什么处境？"

在雷骏的进一步陈述下，谢小桐得知商人为了取得更多猫屎，把麝香猫关在狭小的铁笼里，每天只喂食咖啡豆。要知道，麝香猫是杂食性动物，只食咖啡豆会引发消化不良，加上缺乏运动和社交，久而久之，部分麝香猫竟出现刻板行为，譬如重复无意义的动作或撕咬自己的尾巴……

"这么惨？"她放下手中的咖啡，"那我以后也不喝了。"

谢小桐的反应触碰到雷骏心里的那根弦——他虽然不是个好人，但喜欢心地善良的人。

喝完咖啡后，雷骏看了一下时间，接着宣布现在可以回去了。

"我怎么感觉你好像掐着时间。"她说。

"我是掐着时间，因为我让女佣和园丁中午12点准时离开，如果早回去就会碰上了。"

"难道你和他俩从未见过面？"

"有必要见吗？只要他们做好工作，我又按时给足钱，没必要见面，不是吗？"

话说得没错，但就是哪里怪怪的。

"你都是这么对待陌生人的吗？"她问。

"是的。"

"看来我是比较特殊的那一位。"

"妳想多了，我无非是……"

雷骏把话说到一半，对谢小桐而言，伤杀力更强。

"走了吧！"谢小桐骤然起身，"做完菜，拿上钱，咱俩就两清，从此相忘于江湖。"

第九章/后会无期

"怎么样？是不是你想要的味道？"谢小桐急切地问。

雷骏沉默不语，紧接着又吃了第二口、第三口……

"你……你怎么……怎么不说话？"

其实谢小桐想问的是为什么他的眼眶红了？但终究还是找了别的理由替代。

"是这个味道，"他点头，"我找这个味道找了很久，妳能告诉我是怎么做到的吗？"

于是谢小桐告诉他作法，可是雷骏还是觉得不对，因为他也曾如此泡制过，味道却不一样。

"其实……我还用了猪油。"她弱弱地答，"你说过不要任何肉类，但我认为没点儿肉味不好吃，于是拿出准备做红烧肉的猪五花，切了几块肥肉炸出猪油来……"

"原来差别在这里啊！"他喃喃道。

"这下子你在家也可以自己做了。"谢小桐说。

"不了，吃过这一次，满足心愿就好，何况我也不是特别喜欢吃白菜炖粉条。"

谢小桐顿时傻眼了，既然不喜欢吃白菜炖粉条，干嘛还大费周章地让她一试再试？这是什么道理？

面对询问，雷骏没回答，而是默默吃着，像在进行某种仪式。

等两人都吃完后，雷骏看了一下时间，接着宣布她可以走了。

谢小桐本来就没有久留的打算，但被人这么毫不留情面地扫地出门，还是挺难受的。

"走是一定会走的，你是现在给钱还是等拿到衣服再给？"她冷冷地问。

雷骏立即掏钱，而且一出手就是一大叠。

谢小桐数了302万印尼盾，其余归还。

"妳还嫌钱多？"他很不可思议地问。

"我奶奶说过——收下不属于自己的东西，最终都会以别种形式失去更多。"

"妳奶奶有没有说过'人无横财不富'？"

"她倒没这么说过，不过话说回来，人生最重要的是获得幸福感，如果富了却没能换来心灵上的安定，那么再多的钱又有何用？"

雷骏的心喀噔了一下，这是什么神仙家教？

"我看我还是载妳回青旅吧！"他说，"我的女佣和园丁应该已经在赶来的路上，我并不想见到他们。"

"他俩不是早上才来过？"她问。

"泳池的水还没换，脏衣服也还没洗，不过也不能怪他俩，毕竟一个早上大概就只够整理起居室和打扫庭院垃圾。"

"这就是你赶我走并且发善心载我回去的原因？"

"是啊！不然呢？"

谢小桐忽然觉得眼前的男人耿直得可爱，怎么一点儿弯都不带绕？

后来他俩回到谢小桐住的青旅，她下车取衣服还他。

"妳明天坐几点的飞机？"他收下衣服后问。

"下午两点二十分。"她答。

"那么……后会有期了。"

待车子走远后，谢小桐喃喃道："应该是后会无期才对。"

第十章/成田骏

在成田骏即将满18岁的前几天，周院长把他叫进办公室，说："再过几天你就要离开孤儿院了，听乔老师说你不再升学，所以民政部门会一次性发给你6个月的基本生活保障金，也就是3360元，之后就会停发，所以你得赶紧找到一份糊口的工作。当然，如果找工作不顺利或遇到什么麻烦，任何时候你都可以回到这里寻求帮助。"

"知道了。"他答。

"你还有什么话要说？"

成田骏踌躇了一会儿，最后还是决定把埋藏在心里多年的疑问拿出来晒一晒。

"我以为我已经回答过那个问题。"周院长表情严肃地说。

"是回答了，但我要的是真相。"

"真相就是……你应该往前看，而不是被过去羁绊。"

"如果一个人连自己的根在哪里都不知道，如何往前看？"

现在换周院长纠结了，基于职责所在，他不该让孤儿院的孩子怀有"原罪"的心理压力（好比对自己的存在产生罪恶感），但成田骏是个特殊的例子。

看周院长眉头紧锁，成田骏说："这样好了，我问您答，可以吗？"

"可以。"

"我姓成吗？"

孤儿院里的孩子送来前若已知道姓名，通常会被保留下来，如果不知姓啥叫啥，那就跟着院长姓，同时由院长取名。

"不是，你的姓氏是成田。"周院长答。

成田骏被当头一棒，虽然这个答案在他心中萦绕很久，一旦被证实，还是很令他震惊。

"这么说，我真的是日本人……"他喃喃道。

周院长曾听前院长讲起成田骏的身世——这孩子当年被遗弃在火车站的座椅上，包被里藏着一张宣纸，正中央工整地写着"成田骏"三个大字，右上角是"平成七年三月八日生"，左下角是父母的名字。

这是成田骏第一次听说有父母的消息，赶紧询问他们姓啥叫啥。

"很抱歉，"周院长说，"那张宣纸已被前院长销毁，理由是你应该把自己当成中国人，这样才能更好地融入社会。"

也许前院长的出发点是好的，但他忘了人言可畏，在口耳相传的作用下，成田骏八岁时就知道自己"可能"是日本人。如果成田骏知道自己"可能"是日本人，那代表孤儿院里的其他人也知道。换言之，在仇日的显意识与潜意识之下，成田骏的日子过得相当艰辛，毕竟冷暴力也是一种暴力。久而久之，他将自己封闭起来，不轻易与人交流或有情感上的互动，仿佛这样就能保护他那敏感且脆弱的心灵。

（注：孤儿院未必对他区别对待，很多时候可能是成田骏的"受害者情结"在作祟，哪怕是无心的一句话或一个动作，也会被他合理化地归为歧视。）

18岁生日的这一天，孤儿院上下都来欢送他，作为大爱园大家长的周院长当然得讲两句。

"成田骏，从今天起你就是法定意义上的成年人，得为自己的一言一行负责，你必须时刻戒慎小心，不给社会带来负面影响。"周院长停顿了一下，"这里依旧是你的家，有空常回来看看。"

当铁门在背后关上时，成田骏五味杂陈，既松了一口气，又好似驮上了重物，因为从今以后他得为自己的生存负责，不再有退路（虽然周院长表示大爱园依旧是他的家，但听得出是场面话，真要回归了，恐不受待见，这点他是清楚的）。

就这样，只有高中学历的成田骏做过水泥工、油漆匠、保险推销员、市场销售……等，也曾送过外卖，但时间皆不长，直到遇见萧老板才算安定下来。

"你以后就跟着我，总有你一口吃的。"萧老板对他说。

事实上，萧老板给的比口头上应允的还要多，除了食宿全包外，每月还有一万五的工资，比起初出校门的大学毕业生，这个待遇简直太好了，何况做的不过是打杂跑腿的工作（譬如帮老板买包烟或者赶走忽然闯进院子里的猫），悠闲到他不禁怀疑自己是度假来着，直到那一天的到来……

"小成，工作来了，你跟着小窦见习一下。"萧老板说。

小窦也是孤儿，来自云南，比成田骏还寡言，不知道的，还以为他是哑巴。

就这样，成田骏跟在小窦的屁股后面，"很迷茫"地东奔西跑。

"小窦，我们已经跟踪这个人有半个多月了，还要跟多久？"他问。

"你是见习生，就别多问了。"

两天后的傍晚，小窦要成田骏晚餐别吃太多，因为今晚要动手了。

"动手？你该不会想打劫吧？！"

"别问了，到时候听我的命令行事。"

当小窦拿枪指着"目标"的太阳穴时，成田骏吓得两腿发抖，差点儿把吃下去的晚餐给吐了出来。

"把私钥交出来！"小窦对跪着的人说。

"兄弟，我可以给你们20万……不，一百万，马上就给，请放过我。"

小窦随即用枪把猛击男人的头部，那男人立刻捂住头，痛苦地哀嚎着。

"你还有十秒钟。"小窦说。

"我……我可以给你们两百万，绝不报警，我发誓！"

话甫歇，枪声响起，男人的右大腿中弹，血流如注。

"你还有五秒钟。"小窦又说。

"一……一千万，这够你们……"

男人话还没答完，他的左大腿紧接着中弹，整个人都在抽搐……

"你还有3秒钟。"小窦说。

这次男人不再造次，乖乖交出U盘，小窦立即扔给成田骏，让他查查里面是否有字符串？

成田骏手忙脚乱地找来电脑，插入后提示需要密码。

"密码是……是……638898。"那男人答，"听着，里面的私钥是真的，我……我只求你们给我一条生路。"

小窦并没有因此动了恻隐之心，反而猛踩对方的伤脚，凄厉的叫声瞬间划破天际。

"有字符串。"成田骏查过后答。

"你现在拿着U盘回去，老板会做进一步指示。"小窦说。

"那他……"成田骏望着地上的可怜人，"怎么办？"

"这你就不用管了。"

成田骏火速拿着U盘回去交差，萧老板让他在房间外把守，任何人都不得闯入。

两个多小时后，萧老板开门，命令他去支援小窦。

"现在？"他问。

"当然是现在。"

于是成田骏又风驰电掣地赶回别墅地下室，结果看到了他这辈子都无法忘记的血腥场面。

"还杵在那儿干嘛？快过来帮忙！"小窦说。

后来他俩合力将尸块放进数个行李箱内，接着清理现场。等抛尸完毕，小窦要他往北边跑。

"什么意思？"成田骏问。

"就是分开逃亡的意思，你往北，我往南，等候进一步通知。"

在"亡命天涯"的日子里，成田骏每天都像惊弓之鸟，这一"放逐"就是五个月，还好萧老板仍按时发放工资，至少温饱不成问题。

"回来了，小成。"萧老板拍拍他的肩膀，"辛苦你了。"

"我回来是想辞职。"成田骏答。

"辞职？"萧老板露出谜样的笑容，"你到哪里找这么好的工作？何况我还要替你加薪呢！"

"不了，再多钱也不干。"

萧老板沉默一会儿后，同意他辞职，不过得留下一些东西。

"什么东西？"他问。

"起码也得是胳臂或腿，手指太小儿科了。"

成田骏听完，脊背发凉，这也太狠了！

"以前有个傻小子叫小彭，"萧老板继续说，"他真的自断手臂，可惜最后还是死于车祸，尸首异处，惨哪！"

成田骏心头一惊，接着问小彭是不是也是孤儿？

"是的，看来你开窍了。"萧老板答。

成田骏是开窍了，可是这并没有解救他，相反的，他像掉进了泥沼中，越陷越深……

往后的日子里，成田骏跟着小窦又干了几票，只是地点改在东南亚，手段也更加残暴，直到有一天小窦忽然人间蒸发，成田骏这才重新审视自己的处境。

"小成，我给你找了个见习生，叫小顾，你好好带他。"萧老板说。

"小窦呢？"

"他和一个姑娘私奔了，哈哈……"萧老板笑得很放肆，"那姑娘可怜，原本不必那么早死。"

成田骏不寒而栗，这是宣告小窦和他的女友皆已不在人世，同时也预告成田骏从此得充当刽子手（以前的虐人和杀人任务皆由小窦一人执行，现在看来得换人了）。不讳言地说，成田骏因此陷入无休止的抑郁和焦躁之中。

"小成，我们已经跟踪这个人有十多天了，还要跟多久？"小顾问。

"你是见习生，就别多问了。"

五天后的傍晚，成田骏要小顾晚餐别吃太多，因为今晚要动手了。

"动手？你该不会想打劫吧？！"

"别问了，到时候听我的命令行事。"

当成田骏拿枪指着"目标"的太阳穴时，小顾吓得两腿发抖，差点儿就把吃下去的晚餐给吐了出来。

"把私钥交出来！"成田骏对跪着的人说。

"兄弟，我可以给你们50万……不，两百万，马上就给，请放过我。"

成田骏把枪弹推进枪膛，接着把枪口对准"目标"的脑门，那人立马怂了，主动交出私钥。

"小顾，你到大门外把风，我不希望你看到血腥场面。"成田骏说。

小顾巴不得躲得远远的，一听到"特赦令"，跑得比谁都快。

当由远及近的警笛声传来时，小顾急着跑回屋内喊人，这才发现小成已不知去向，而"目标"则躲进厕所等待救援……

此次背叛让萧老板大为光火，愤而发出全球追杀令。成田骏早有准备，拿上买来的假护照（护照上的名字叫雷骏），开启了大逃亡。

由于这是跨国做案，加上成田骏不再使用原来的银行卡和支付方式，警方抓人变得异常困难，只能将矛头对准小顾和小顾口中的萧老板……

小顾后来以共同犯罪的罪名被起诉，最终被判入狱六个月，萧老板则成了漏网之鱼（他已早先一步逃到国外），从此有家归不得，还上了国际通缉犯名单。

新仇加旧恨，萧老板对成田骏的恨意与日俱增，到了不共戴天的地步。

反观成田骏，虽然他有用不完的钱，但为了躲避追杀，不得不夹着尾巴做人，搬家也成了常态（他从未待在同一地点超过3个月）。

或许一成不变的"流浪"生活令他感到厌倦，也可能某个瞬间唤醒了他内心最柔软的部分，反正当成田骏看到被猴咬伤的中国同胞时，尽管一再告诫自己别多管闲事，最后还是伸出援手，而在两日的相处中，他意外发现这个女人有个"有趣的灵魂"，可怕的是当别离到来时，他竟心生不舍，以致做了个大胆且冲动的决定——登上隔

43

天下午两点二十分飞泗水的航班。

"希望她不要误会我别有用心才好，"他心想，"我不过是在无聊的生活中添加一点儿变化而已。"

第十一章/天命

下机后，谢小桐推着行李走向出租车柜台，服务人员说有包车和拼车两种方式，包车是85万印尼盾，拼车是按人头计，每人18万印尼盾。

正当谢小桐踌躇时，一个男人走了过来，问她怎么没让酒店接机？

谢小桐花了好几秒钟才回过神来，因为此人的头发被蓝色印花头巾包裹住，看起来有点儿颓废青年那味儿，导致她没在第一时间认出来。

"你怎么在这里？"她问。

"我被房东赶出来了。"雷骏答，"想着妳在泗水，索性就跟过来看看。"

"看什么？"

"看……看妳在干嘛。"

谢小桐被这无厘头的回答给整无语了，果断无视，转而告诉柜台她要拼车，地址是某家青年旅舍。

雷骏颇为尴尬，转身就走。

谢小桐大松一口气，她可不想再与这个只认识两天的男人有任何瓜葛。

约莫半小时后，终于来了位拼车客人，这次司机不再等候，直接开车。

到达目的地之后，谢小桐即刻办理入住，还好房间没想象中糟糕，她放下行李后便下楼喝免费的咖啡。等喝完咖啡又跟父母报过平安，这才走出青旅，好巧不巧，竟再度与雷骏蹦上了。

"你跟踪我？"她有些恼怒地问。

"跟踪？不不不，我就住在马路对面，正想去吃泗水最有名的牛骨汤，结果在这里遇到妳。"他望向谢小桐身后，"妳住这儿？"

"……嗯！"

"那么后会有期了。"

雷骏才走出去不到十米，谢小桐就跟了过来。

"你说的牛骨汤贵吗？"她问。

"我去的这家，当地人也会去，应该不贵。"

"那……"

"一起去吧！我正缺个饭搭子。"

所谓的饭搭子乃现代年轻人的新型聚餐方式，只要想在同一家餐厅吃饭，并且愿意平摊费用，就成了彼此的饭搭子。

后来他俩来到一个街边小店，吃到"传说"中的牛骨汤（其实就是用牛骨、牛肉和好几种香料熬煮而成），好吃是好吃，不过谢小桐更青睐另一道用牡蛎和海藻煎成的饼，外型像个圆形的零钱包，还是鼓起来的那一种。

这餐一共花费14万印尼盾，也就是人均7万，折合人民币约35元。

"有饭搭子真好，"雷骏说，"既能吃到比较多的菜式，还能平摊风险。"

"平摊风险？"

"嗯！万一点到不喜欢吃的，也许对方会吃掉。"

谢小桐听完，哈哈大笑。

"妳笑了，代表我说的没错，怎么样，想不想进一步当我的旅游搭子？"他问。

谢小桐收起笑脸，开始正儿八经地思考起这个问题——眼前的男人说他被房东赶出来了，她并不十分相信，除非他干了十恶不赦的事，而这更加可怕，不是吗？话说回来，她也不认为他是个坏人，如果真要使坏，在巴厘岛时就可以动手，无需等到现在。

"我还不是很清楚。"她诚实回答。

于是雷骏问她打算在泗水待几天？当得到四天的答案时，他提议把决定权交给老天爷，如果往后四天他俩还能再见面，代表天命不可违。

"你的逻辑好奇怪啊！"谢小桐又笑了，"不过也好，反正不会再见。"

他俩道别后，一个向左走，另一个向右走，很快便消失在夜色中……

第十二章 / 说风就是雨

离开巴厘岛时，谢小桐的口袋里还有近三百万印尼盾，没料到抵达泗水后的第一天就花掉40万，而未来还有四天，如果按照这个花钱速度，马马虎虎尚能应付，就是别"节外生枝"，否则可能回不了家……

" Cheaper?" 谢小桐问。

" No, sorry." 旅行社的人答。

谢小桐咨询的是布罗莫火山一日游，最便宜的也要一百万印尼盾，还不包括其他开支，好比小费或骑马上山（如果不骑马，那代表全程得靠脚力，从山下爬到火山口）。

思量再三，她仍感觉不妙，如果咬牙付了这笔费用，剩下的印尼盾不多，她实在没把握能支撑到最后。

当她从旅行社走出来时，心情真是难以言喻，因为泗水有名的景点全在郊外，光交通费就是很大的一笔开销，但运动员的执着又告诉她别轻言放弃，以致左右摇摆。

等她暮气沉沉地回到青旅，赫然发现雷骏就在大厅，脚边还有个行李箱。

"你怎么在这里？"她惊讶问道。

"我是来告别的。"他看了一眼时间，"我的网约车已经在路上了，妳若再晚点儿回来，我俩可能就见不着了。"

"告别？你不是昨天刚到？"

"我也没办法，因为得上菲律宾一趟。"

谢小桐心想怎么说风就是雨？结果下一秒，雷骏竟塞给她一沓纸钞，说："我用不上印尼盾了，换钱又麻烦，干脆给妳得了。"

"不，"她把钱推回去，"我奶奶说……"

"妳奶奶说收下不属于自己的东西，最终都会以别种形式失去更多。"他把谢小桐想说的重复一遍，"放心，我不打算把钱要回去，妳若觉得不妥，就当是向我借，以后有机会再还。"

谢小桐的确需要这笔钱，遂问他的联系方式。

"我没有联系方式。"他答。

"那……那我怎么还你钱？"

雷骏想了想，反正不需要这笔钱，于是建议她把钱捐给孤儿院，就当是还他钱。

"孤儿院？"她扬起声，"现在骗钱的机构可多了去，我怎么知道哪个才是真的？"

"那就捐给大爱园吧！大小的大，博爱的爱。"他往青旅外望去，"抱歉，我的网约车到了，现在就得走……等等，妳叫什么名字？"

49

谢小桐心想——你终于想起要问我的名字。

"谢小桐，大小的小，梧桐树的桐。"

"谢-小-桐。"他复述，"我记住了，后会有期！"

于是谢小桐眼睁睁地看着那人过马路、放行李、上车，再眼睁睁地看着车子开走，心中总感觉哪里怪怪的，但又说不上怪在哪里。

"算了，别想了，我还是上旅行社付费吧！也许还赶得上加入明天的旅游团。"她对自己说。

第十三章 / 复仇

当雷骏告诉谢小桐"把决定权交给老天爷"时，其实心里已经盘算好明天要如何与她来个"不期而遇"，岂料计划赶不上变化，临睡前的他忽然发现有个人正用望远镜对准他的房间，这个突发状况让接下来的发展产生变数。

次日，雷骏精神萎靡地来到餐厅吃早餐，当取走现煮的鸡汤面时，一名亚洲人撞了他一下，导致汤汁洒了出来。

虽然对方是过错方，但雷骏还是问候一句："Are you ok？"

"Ok.Ok." 那人拍拍他的肩膀，"好好享受你的早餐吧！"

对方改用普通话说，让雷骏很是不安。等他回到座位上，立即左右张望，很快便与撞他的男人有了眼神上的交会，后者举起桌上的橙汁，向他点了个头，似乎在向他致敬。

"难道是我想多了？"雷骏心想。

哪晓得下一秒，坐在男人对面的男人便佯装对同桌开枪，"中枪"男人也很配合，双手捂住胸口，露出无比痛苦的表情。

没等雷骏从震惊中清醒过来，"开枪"男人便转头了，这一"露脸"，雷骏立刻头皮发麻，因为此人正是昨晚偷窥他的人。

此时的雷骏哪顾得上吃，他立马回房收拾行李，同时叫了网约车（他怕酒店外的出租车司机也是同伙之一）。

等他退完房，走到酒店外等候网约车时，忽然想起住在对面（青旅）的女人。

"她的身上没多少钱，应该很焦虑，我索性就江湖救急吧！"他心想。

给了女人钱后，他坐上网约车直奔机场。

虽然雷骏告诉谢小桐此行的目的地是菲律宾，其实是声东击西，他真正要去的是缅甸，这个国家从2021年内战以来就没安定过，正好容他蒙混过关……

与此同时，住在柬埔寨的萧老板也已得到情报——成田骏化名雷骏，给了一个女孩东西后，搭机飞往缅甸。

萧老板没忘记成田骏带给自己的麻烦，吞了他的钱不说，还让他上了红色通缉令，现在他成了国际刑警关注的焦点，此深仇大恨怎能用一颗子弹解决？怎么也得让那小子在恐惧中慢慢死去，就像玩弄一只受惊的老鼠一样，直到对方吐出钱来，再将他剁成肉酱喂狗吃，这才是复仇的最高境界！

"你们一个跟着女孩，另一个跟着成田骏，随时向我汇报。"萧老板下完命令，立即扑向床上的女人。

"整天打打杀杀的，你不嫌累？"女人娇滴滴地说。

"累啊！所以才需要妳这朵解语花。"他凑上嘴去，"待会儿别哭爹喊娘，这里没人鸟妳！"

第十四章/又一个奇怪的男人

兜里有了钱，谢小桐立即报了包含两个景点的行程（除了布罗莫火山，还加了伊真火山）。按照旅行社的安排，光从泗水到布罗莫酒店就占用一天，而她没有那个时间去损耗，因为大后天就得回中国了。

讨论的结果是——当天夜里十点从泗水出发，四个小时后（也就是隔天凌晨两点）抵达布罗莫酒店，刚好与前一天从泗水出发的旅游团衔接上。

依据这个行程，显然少了一天的住宿费，但该收的钱可一分都没少，因为旅行社专为她一人提供了交通工具。

换作两个小时前，谢小桐肯定会叨念几句（怎么也得砍砍价，收回一些才行），但现在不一样了，果然有钱能把格局打开，不再斤斤计较。

付了旅行团的费用后，谢小桐吃了一顿丰盛午餐，然后回青旅补眠。这一睡就到了傍晚，她稍微梳洗一下后便四处溜达，既吃了晚餐，又找了家咖啡店上网。转眼间，时针指向十点钟，来接她的司机是一位瘦小男人，肤色是她见过的印尼人中最黑的。

" No coat？ " 司机指着她的背包问。

" No, it's hot."

虽然已是夜里十点，但泗水的天气还是闷热的（想必山上也冷不到哪里去），所以谢小桐只带了一件卫衣、一瓶水和两条能量棒便上路了。如今司机问她怎么没带外套？她想当然尔地回答天气热（这不明摆着？）。

司机欲言又止，最后还是把话吞下，两人随即上车。

从泗水到布罗莫酒店的车程约四小时，谢小桐原本没想睡（已经睡了一下午），但在车子的摇摇晃晃中，她迷迷糊糊地又睡着了，再睁眼时，车子已停下，司机却不在驾驶座上。

谢小桐左右张望，发现道路两旁是深不可测的树林，而身后约一百米处则停着一辆开着大灯且未熄火的车......

几分钟后，司机重回车内，接着踩油门上路。谢小桐注意到方才的那辆车也跟上了，而且一直与她所坐的车子保持一定的距离。

" That car...... " 司机望向后视镜，" strange."

谢小桐也觉得奇怪，但她安慰自己一切只是巧合，因为他们能在此时上路（不管任何理由），别人也能，就像司机忽然尿急以致路边停车，别人不也一样可以？

又过了两小时，四周的建筑物逐渐多了起来，谢小桐提着的心终于可以放下，毕竟女性单独搭车，危险系数还是比较高的。

没多久，司机在某家"停着多辆面包车和站着三三两两游客"的酒店前停下，说：" You speak to green hat."

谢小桐一下子就看到戴着绿色棒球帽的导游，于是下车去。

"妳的外套呢？"导游一见她就问，说的是怪声怪调的普通话。

谢小桐指指她的背包，导游便不再"多嘴"，分配4号车给她，同车的还包括2白1黑。

与"车友们"打过招呼后，来自肯尼亚的Joash问她不冷吗？

其实在等4号车时，谢小桐就已经穿上卫衣，但与周围的人一比，仍显单薄。

"I'm ok." 她答。

当车子开到中转站时，所有乘客下车转乘吉普车。接下来的车程只有半小时，但沿路很颠（现在终于知道为什么要转乘吉普车了），谢小桐感觉整个胃都在翻腾，更惨的是此时寒气逼人，她已经顾不上矜持，抱紧双臂死命往Joash的身上靠，好获取一些热量。

"Are you ok？"老黑又问。

她仍答ok。

话甫歇，坐在车内的洋女人说了几句，引得哄堂大笑。

谢小桐直觉他们在笑话她，所以正襟危坐，不再表现出柔弱的一面。

等车子一停下，她第一个跳下车，直奔小卖部买大衣（虽然牌子上写着"Coat for Rent"，但谢小桐直接买下，因为还有另一座火山要去，她不想再冻成狗），接着又吃了一碗热腾腾的泡面，才算暖和一些。等再次上路，谢小桐已没有之前的狼狈，可是这并不表示危机解除了，因为当车子在日出观景台停下时，由于海拔更高、寒意也更加浓烈，即使已经穿上大衣，风仍像针一样，刺得谢小桐瑟瑟发抖。

"还好买了大衣，否则我很可能冻死在这里。"她心想。

此时，一名男人走了过来，在离她三大步远的地方停下，刚好挡住呼啸而来的风。

谢小桐刻意看了那男人一眼，确定不认识后，基于某种"道不明"的第六感，她开始转移阵地，可是不论她怎么移动，那男的总在她身边徘徊，这让谢小桐感到不安。

凌晨五点刚过，天边终于裂开口子（太阳露脸了），伴随的是各种拍照和赞叹声。谢小桐以为起码得再等十几分钟，太阳才会露出"全脸"，岂料不到两分钟便完成整个日出仪式，很是出乎意料。

05:35，导游开始喊人下山，因为要去的火山在另一个山头。

于是吉普车又一路颠过去，当抵达布罗莫火山脚下时，导游宣布有两种上山方式，一是步行，二是骑马（有人牵着），全程约1.8公里。

谢小桐是运动员，身体素质比一般人要好，小小的徒步算不了什么，但得知那个奇怪的男人也选择徒步后，谢小桐在最后一分钟改主意，为此还付了40万印尼盾，哪知马儿并不上火山口，最终的两百个台阶仍得靠自己爬上去。

既来之，则安之，此时谢小桐也只能下马徒步。当上到火山口时，那低吼的声音让人联想起"大地的脉动"，而烟雾弥漫的山头则宛若仙境，她感觉所有的辛苦都化为云烟。

等导游帮每个团员都拍完照，一行人开始往回走，当来到山脚下时，时间约在早上八点，吉普车又一路颠回中转站，再换乘面包车回到酒店（感谢老天爷！那个奇怪的男人并没有跟着一起回酒店）。等所有人都吃过早餐，并且稍作休息后，导游便带领他们前往下一站——伊真酒店。

"希望不会再遇到那个奇怪的男人。"谢小桐祈祷着。

第十五章／障眼法

萧老板让阿辉、阿伦两兄弟分别跟紧那对男女，哥哥阿辉自作主张，让弟弟阿伦跟着女的。

这个决定让阿伦很是紧张，因为他对女人有恐惧症（对视超过五秒，立马脸红），所以很不明白哥哥为什么要把最棘手的事派给他，但他还是听命行事，目睹那个女的搭车到布罗莫酒店，再上吉普车，接着买大衣、看日出、骑马上山、爬至火山口拍照、下火山等。

当那个戴绿帽的导游把一行人送回布罗莫酒店时，阿伦留在自己的车上小寐。等那群游客再次出发，他又跟上，这一开就是五个小时，当抵达伊真酒店时，阿伦觉得体内一股酸水往上冒，一开车门便往外吐，实在太遭罪了！

由于午夜12点又得启程（听导游用生硬的普通话对团员们说），阿伦决定吃顿好的，再抓紧时间小睡一下，免得到时候在路上频频打盹儿。

当阿伦正吃着椰奶炖煮的米饭和炭火烧烤的马鲛鱼时，一个女人走了过来，吓得他差点儿哽住。

"讲中文吗？"那人问。

"……嗯！"

"太好了！"女人坐下，"为什么跟踪我？"

阿伦真不知该如何回答这个问题，半小时前他的确跟踪了，但现在是他的吃饭时间，谈不上跟踪。

"我……没跟踪。"说完，他感觉自己快挂了，不仅心跳加速、手心也开始出汗。

"还说没跟踪，从泗水一路跟踪过来。"她停顿了一下，"别想否认，我认得你的车。"

这可怎么办？承认与不承认都很难自圆其说。

"我……身不由己啊！"他答。

"身不由己？莫非……莫非你是舅舅派来的？"

阿伦一时迷糊，难道萧老板就是女人口中的舅舅？

"我也不清楚，可能……是吧？！"

男人的模棱两可在谢小桐听来却是"板上钉钉"，她想当然尔地把眼前人与舅舅的保镖划上等号，所以当服务员端着食物左右张望时，她自然而然地招手，意思是——我换位子了，请把食物端到这里来。

这不是阿伦想要的，但他开不了口让女人滚，既然避无可避，他决定先摸底，倘若能套出点儿有用的信息，也好早点儿摆脱这个女的，不是吗？

"妳一个人旅行不怕吗？"他问。

"怕呀！但不入虎穴，焉得虎子？"她答。

"之前也是一个人旅行吗？"

"之前？"她想了想，"如果你指的是巴厘岛，当然是。"

"没遇到奇怪的人？"

谢小桐又想了想，除了眼前这位"曾被她误会是奇怪的人"之外，就只剩雷骏了。

"是有啊！但我不想谈论他。"

"他？"阿伦心想果然与他猜测的一样，"我这样问好了，那男的给了妳什么东西？"

谢小桐忽然来气，此人虽是舅舅派来保护她的，但管的未免也太宽了？！

"我吃饱了，"她站起身来，"你慢用。"

女人点的是一盘包含各种菜叶子的沙拉，另有一盆印尼特有的米饼，这两样都没怎么动过。

"菜还剩这么多，怎么就吃饱了？"他问。

"请搞搞清楚，你的身份是保镖，不是我爸，就算是我爸，他也管不到我吃不吃东西。"

女人走了之后，阿伦傻愣在位子上，心想怎么自己就成了保镖？

回到酒店房间的谢小桐立即发起语音通话，要求舅舅现在、立刻、马上把保镖召回，口气相当不爽。

"小桐，我不知道妳在说什么，我的保镖一直跟着我，哪里也没去。"她舅舅答。

"你……你没另雇保镖保护我？"

"没，"她舅舅停顿了一下，"妳是不是遇到什么麻烦了？"

"没有。"谢小桐很快否认，"哈！我不过是开个玩笑，你别在意啊！祝舅舅天天开心。"

挂断后，谢小桐不由自主地全身打颤，如果跟踪她的男人不是舅舅派来的，那么他是谁？为什么还提到雷骏？

当午夜十二点一到，导游把游客一一赶上车，接下来是两小时的车程外加两小时的徒步。

等一行人抵达火山口往下看时，导游解释这蓝色的火山岩浆乃因燃烧硫磺所致，其产生的二氧化硫在高温下会发出蓝色光芒……

阿伦边听解说边看着人群中的驼色连帽大衣背影，心想怎么这个女人好像变矮了？他记得她的大衣下摆离地约有十公分高，可是此时此刻却快拖地了。

当众人移驾到旁边的火山湖时，无不发出赞叹声，因为那蓝色的湖水美得很不真实，像宫崎骏动画片里才会有的场景……

"干！"阿伦忽然大喊一声，接着持续重复，"干干干干干……"

"大哥，"一位中国游客开口了，"这时候请不要用不文明的字眼。"

"滚！"阿伦用力推开那名游客，"谁是你大哥？"

当阿伦气冲冲地离开后，大伙儿开始交头接耳，包括那位穿驼色连帽大衣的程小姐。

几个小时前，谢小桐将大衣送给同车的程小姐，理由是自己有要紧事，得马上回泗水，大衣就不需要了。这正中程小姐的下怀，因为她的薄夹克抵挡不住凛冽的寒风。

"那男人可真怪！"程小姐说，"竟然用脏字形容美景。"

第十六章 / 前功尽弃

当其他团员抓紧时间补眠时，谢小桐找到导游，表示自己要取消接下来的行程。

"现在取消的话，费用是不退的。"导游打着哈欠说。

"我知道，也不打算要。对了，我另有一件事相求。"她左右张望，确认无人后继续说，"如果有人跟你打听我的消息，譬如护照信息和手机号码等，请不要给。"

导游感到莫名其妙，谁会那么无聊打听这个？但还是答应下来。

"你信阿拉吗？"谢小桐忽然来上一句。

"我是回教徒，当然信奉真主阿拉。"导游答。

"也就是说我可以完全相信你的承诺，对吧？"

导游听完，立马黑脸，谢小桐也意识到自己说话不得体，赶紧道歉，同时塞了好几张票子到导游手里。

"妳这是干什么？"他问。

"因为麻烦到你，所以给点儿小费。"

"太多了。"

"不多，你收着。"她看了一眼手机，"我叫的车到了，我走了，再见！"

这名团员离开后去了哪里，导游并不清楚，也不关心，可是当他把其他团员送回泗水后，真有人向他打探起这位团员。

"没有。"导游答。

"你再看仔细点儿，"阿伦把手机照片再次递过去，"这个人明明参加你的旅游团。"

导游认出说话的男人，每当他向团员介绍景点时，这个人总蹭过来白听，连个小费也没给。

"我说没有就是没有，你怎么听不懂？"

话甫歇，导游的手里被塞进几张皱巴巴的票子，目测少于20万（比谢小桐给的少得多）。

"拿回去，"导游把钱退回，"别再烦我！"

为了确保万无一失，回到车上的导游立即把谢小桐的个人资料撕毁，连点名单上的信息也用有色笔涂去，能做到这个份上，也算是鞠躬尽瘁了。

至此，谢小桐这边算是断了线索，哪知男的那边也没了消息，因为成田骏一过海关就进了机场男厕，阿辉在外面等了约有一刻钟，仍未见人出来，进去一探，发现里面的人全不是他要找的。见状，他立即冲向行李提取处，还好成田骏的行李尚在转盘上，他决定守株待兔，怎料再一次被戏弄，因为成田骏采取"断臂求生"的方式，连行李也不要了。

这么折腾下来，就算有十个成田骏也全跑光了。

如此糟糕的表现当然让萧老板大为光火，他立即开了这两个无用的家伙，不带一丝犹豫。

等阿辉、阿伦两兄弟灰溜溜地离开后，萧老板走向窗口，窗外寸草不生。

"干他娘的！我就不信找不到成田骏这个王八蛋。"萧老板愤恨地想着，手里的掌珠被他盘得咔咔作响。

（注：掌珠又叫文玩核桃，人们在挤压、揉搓、转动核桃的同时也促进经络气血循环、间接提高手指的灵活性和协调性，所以从古至今就有"核桃不离手，能活八十九"的说法。）

第十七章／保育员

〜〜〜

谢小桐回到省队后，发现一切如常，仿佛过去十几天的"无端消失"从未发生过。

当她做完3组强度训练，正在池边休息时，教练来到她跟前，说："全运会的参赛名单上没有妳的名字。"

"那挺正常的。"她答，"再一个多月就是全运会了，我又刚从腰背拉伤中康复。"

"省队名单上也没妳的名字。"教练接着说。

"什么意思？"

"原因还需要我告诉妳吗？"

谢小桐当然清楚这是"私自离队"的下场。

"还有转圜的余地吗？"她问。

"有，妳写检讨书，并且向这里的每一位工作人员和队员当面道歉。"

谢小桐问为什么还得向队员道歉？教练答因为她做了最坏的示范。

"就这样？"她又问。

教练想了想，答："我看妳还是回市队合适，强扭的瓜不甜。"

"想劝退就早说嘛！"谢小桐把手里的毛巾扔地上，骤然站起，"兜一大圈，有意思吗？"

离开省队后，谢小桐并没有向市队报到，而是回家啃老去（期间还抽空上医院做复诊，以防在巴厘岛被猴咬伤后，留下可怕的后遗症）。

针对此选择，她父母既没说不，也没说可。

某天，电视上实时播放全运会的游泳比赛项目，她母亲随口一问："小桐，妳怎么没参加比赛？"

"我……退出省队了。"她答。

"什么时候的事？"

"一个多月前。"

"这么说妳已经待在家里一个多月了？"

谢小桐无语了，她每天换着花样煮三餐，这是煮了个寂寞？

是这样的，打从奶奶去世后，家里便改由父亲掌厨或点外卖吃。以前谢小桐只是偶尔在家，吃吃父亲拙劣的厨艺或卫生堪忧的外卖尚可接受，但离开省队后，她无处可去，只能投靠父母，在"吃不好"的折磨下，她很快便决定亲自下厨（这当然与"补偿心理"脱不了干系，既然啃老，当然得做出相应的贡献来）。如今母亲的一席话让她的"努力"全付诸东流，怎不令人唏嘘？

"妳在乎吗？"她问母亲。

"在乎什么？"

67

"在乎我待在家里。"

"妳想待就待呗！只要不无聊就行。"

老实说，一开始宅在家里还是挺舒坦的，但一个多月后就不是那么回事了，谢小桐感觉自己全身上下的骨头都僵硬了，哪哪皆不对，这不是个好兆头。

当天父亲回家后，母亲便把"女儿已待在家里一个多月"的消息给传播出去，看父亲的表情就知道他更讶异母亲的"后知后觉"。

三人在吃过谢小桐"精心准备"的晚餐（可见她心中有鬼）后，父亲把她叫到书房，问她对未来有什么计划？

"我的文化水平不行，写文章都费劲，除了曾加入游泳国家队这个亮点外，没什么拿得出手的。"她答。

"妳的意思是打算从此当无业游民？"她父亲问。

"那倒也没有，只是我还没想好做什么。"

"行，我了解了，妳好好想想，想好了告诉我。"

谢小桐可不是随便说说而已（好让父亲闭嘴），她真的努力思考未来的路。思来想去，大概也只有一身的泳技可依靠，所以她决定先当一名游泳教练，等攒够钱再办一所游泳学校。

当她把想法告诉父亲时，父亲说他任教的学校刚走了一名体育老师，也许她可以顶替上。

"体育老师？"谢小桐面有难色，"可是我只会游泳，其他不一定行。"

她母亲敲边鼓说："试试看也好，如果真不行，再说。"

于是谢小桐同意试试，结果隔天父亲下班后便带来坏消息——学校已经找到人了，即使没找到，也不可能雇用没有教师资格证的人。

"我就说行不通嘛！"谢小桐如释重负地答。

现在三人你看我，我看你，气氛有点儿微妙。

"我看小说去了，吃饭再叫我。"她母亲说完，迳直回房去。

现在只剩父女二人，谢父对女儿说："那就按照妳原先的想法去做，先当一名游泳教练，等攒够钱再办一所游泳学校。"

这个计划看似可行，但经谢小桐近日来的深入了解，想当一名游泳教练首先得有救生员证书，等拿到救生员编号后才能报考。这倒不是什么大问题，比较麻烦的是游泳教练证一年一考，考试内容包括实战、笔试和说课（她是二级运动员，能跳过初级，直接报考中级游泳教练证，所以考试难度加大），意即这个证书不是一蹴而就，尤其还包括那可怕的笔试和说课。

当谢小桐把搜索来的信息告诉父亲时，父亲问她是不是想打退堂鼓？

"不是，我的意思是我得先找份兼职做，再陆续把两本证书考出来，毕竟这段时间很长，起码一年以上。"她答。

"那好，妳何时开始？"

"吃完饭就开始。"

当天吃完晚饭，谢小桐真的上网找工作，由于没有拿得出手的学历，她找的无非是体力活（譬如餐厅服务员、快递员、外卖员等）。忽然，一则征人广告吸引了她的注意。

"不会吧？！大爱园在找保育员。"她喃喃道。

谢小桐没忘记与雷骏的约定（将钱捐给大爱园，就当是还他钱），这个突来的征人启事让她陷入苦恼。首先，大爱园离她家约两千多公里，开车都能开上一整天；其次，这份工作虽然包食宿，但薪水很低，还是全职，她倒不如就近就业，再把存下的钱汇给大爱园。

然而理性分析是一回事，实际状况是自己正处于无业状态，谢小桐心想申请看看也好，所以还是准备了简历，同时不忘备注她最多只能工作一年，并且偶尔会开小差参加考试和培训。

当按下上传键后，谢小桐长舒一口气，心想："现在就看老天爷的旨意了。"

第十八章 / 启程

老天爷的旨意就是让院长发来一封录取邮件，然后由谢小桐做决定。

当她把找到工作的消息告诉父母时，得到的是正面反响。

"可是……"谢小桐说，"孤儿院离这里很远，虽然包食宿，但伙食和住宿环境可能不会太好，而且薪水很低，月工资只有一千八。"

"听起来的确条件不佳，"她父亲答，"但人不能只为钱工作，还得做有意义的事，我认为妳选了个了不起的工作，我支持妳！"

"是的，"她母亲接着开口，"孤儿已经没有父母了，妳去了就是他们的亲人，记得要把爱传递下去，别让这个世界又多了一个简爱。"

"简爱？"

"嗯！简爱是一名孤儿，年幼时被送到舅母家，过了十年悲惨的岁月，直到遇到庄园主人罗切斯特，事情才有了转机。"

原来母亲说的是小说内容，谢小桐没读过那本书，自然不会知道书中女主角经历了什么，不过她答应母亲一定会善待孤儿院里的孤儿。

"这样就好。"她母亲露出欣慰的笑容，"既然妳找到工作，我们何不庆祝一下？"

"好呀好呀！"谢小桐立即附和，"怎么庆祝？"

"吃清粥小菜吧！最近吃的不是牛羊猪鸡鸭，就是蛋、奶酪、海鲜，我已经吃腻了。"

当初把煮三餐的工作接下来，谢小桐也曾为煮什么发愁，后来灵机一动，何不把运动员食堂里的菜式照搬过来？没想到并没有让母亲满意。

"等我搬出去住，妳想吃都吃不到呢！"她对母亲说。

"饮食一向不是我的追求，何况还有外卖可点，没什么大不了的。"

本来谢小桐还很同情母亲嫁入一个不被祝福的家庭，现在看来是嫁对了，不仅家事有旁人代劳（以前是奶奶，现在则落在丈夫和女儿头上），也无人阻止她终日看小说，如果当初嫁的是豪门，也许就没那么悠闲了，不仅规矩多，人际关系还复杂，这对脑子经常不在线的母亲来说，恐怕三两下就败下阵来，不是被退货，就是打入冷宫，反正结局都不太妙。

"爸，你也想吃清粥小菜吗？"谢小桐问。

"妳妈想吃，我没意见。"他答。

后来他们三人一起上市里最有名的粥店，点了三碗白粥加一桌子的小菜，算是庆祝谢小桐找到保育员的工作。

两日过后，谢小桐收拾行囊，打算乘坐下午四点的火车至哈尔滨，次日再转搭两小时的长途大巴到大爱园。

"小桐，"她母亲忽然从小说世界里抽离出来，"妳舅舅知道妳要到孤儿院工作后，说想见妳。"

"什么时候的事？"她看了一眼墙上挂钟，"火车还有五个小时就要发车了。"

"不是还有五小时吗？"她母亲反问，"他家就在火车站边上。"

"在火车站边上"纯属胡说八道，不过离得不远倒是事实。

"好，上火车前我顺道过去拜访一下。"她答。

第十九章 / 钞能力

"小桐，妳来了。"她舅舅从房内走出来迎接，身上仍穿着居家服，"怎么还带着行李？"

"因为有远行。"她答，"我坐下午四点的火车至哈尔滨，次日再转搭两小时的长途大巴到大爱园。"

"我想起来了，妳要去照顾私生子。"

谢小桐纠正是孤儿，不是私生子，前者是失去单亲或双亲尽失的孩子，后者指非婚生子女，两者是有区别的。

她舅舅噢了一声后，看向客厅的古董钟，接着说火车站就在附近，还来得及喝杯果汁再走。

谢小桐其实不愿火烧屁股了才赶路，但喝杯果汁的时间是有的，于是坐了下来。不一会儿，佣人便端上甘甜的香瓜汁，喝起来清凉爽口。

"怎么想去照顾孤儿，而不是正常孩子？"他问。

"孤儿也是正常孩子啊！只是命运不太好而已。"

"月薪怎样？"

"不高，只有一千八。"

"一千八？那够干啥？"

一答完，她舅舅立即找来手机，但谢小桐的动作比他还快，除了阻止汇款外，还附加说明——人不能只为钱工作，还得做有意义的事。

"有意义的事？"她舅舅挠挠头，"这世上还有比赚钱更有意义的吗？只要有钱，90%的困难都能迎刃而解。"

话说得没错，但不是还有10%解决不了吗？谢小桐表示她做的正是无法用金钱来衡量的工作，既助人又自助……

"小桐，妳说的我听不懂。"她舅舅打响指，站在角落的佣人立即奉上一个精致的盒子，"我让妳来，是为了给妳看样东西。"

眼前的木盒呈黄褐色，约一个鞋盒子大小，上面有金丝纹路，隐隐约约能闻到一股清香。

在舅舅的鼓励下，谢小桐打开一看，立即被里面的五光十色给亮瞎眼了。

"我说过等妳再大一点儿，会给妳买各色珠宝和钻石，只要妳开心，现在正是兑现承诺的时候。"她舅舅颇为自豪地说。

谢小桐记得那个承诺，但她对珠宝首饰的兴趣不大，为了不泼舅舅冷水，只好佯装惊喜的样子。

"这只是第一波，"她舅舅又说，"等我搞清楚拍卖行的套路，还会给妳买更多，都是货真价实的宝贝。"

怕舅舅再度花巨资买下华而不实的东西，谢小桐赶紧表示盒子里的东西已经足够，无需再买，还有，她平常没有配戴昂贵首饰的习惯和机会，家里也没保险箱，还是舅舅收着安全。

"那好，我帮妳收着，连同妳的星星。"

舅舅不说，谢小桐还真忘了那堆施华洛世奇八角珠水晶。

"谢谢舅舅。"她看了一眼时间，"我该走了。"

"走？妳有一整盒金丝楠木装着的稀世珍宝，怎么还走？"

谢小桐曾耳闻金丝楠木贵如黄金，原来不止盒内的珠宝贵，连同盒子也贵，可是即便如此，一点儿也不影响她向孤儿院报到。

见外甥女依旧不开窍，她的舅舅答："听着，妳舅舅我的钱多得花不完，妳是唯一继承人，真的不需要因为离开省队而神伤，甚至远走他乡，因为哪怕重回国家队，那也不过是一句话的事，懂吗？"

原来谢小桐的舅舅依旧认为钱能搞定一切，并且认定她一定会欣然接受。

谢小桐很想把奶奶说过的话复述一遍，但对于坐拥金山银山的舅舅来说，作用可能不大，于是从自我角度解释道："我不是因为离开省队而赌气出走，相反的，我是为了实现自我价值和完成自我梦想而远赴他乡，若真为了钱，倒不如上邻近餐厅端盘子，赚的还比一千八多，何若舟车劳累？"

听完这么不着边际的言论，谢小桐的舅舅心想——怎么这丫头跟她母亲一样视金钱如粪土？这是中了什么邪？

"我不懂妳说的那套，既然妳要献爱心，我不拦妳，但把我的保镖带上，因为安全最重要。"

月薪一千八还自带保镖？这会笑掉所有人的大牙，谢小桐当然反对。

"我这不是担心妳吗？"她舅舅又说。

谢小桐再次拒绝，但既然舅舅提起保镖，她便问起保镖杀不杀人？

"保镖是保护人，不是杀人。"她舅舅答，"即便真杀了人，那也是防卫性杀人，真正杀人的那种叫杀手，不叫保镖。"

谢小桐之所以有此疑问，乃因想起在印尼泗水遇到的奇怪男人，此人曾被她误会是舅舅派来的保镖。

"那么什么样的人会被杀手盯上？"谢小桐又问。

"杀手只是执行任务，与其说被杀手盯上，倒不如说被付钱的人盯上，这离不开3种动机——财杀、仇杀和情杀。"她舅舅忽然感觉不对劲，"妳为什么问这个？"

谢小桐问这个是因为怀疑雷骏被人盯上了，至于危险到什么程度，她也没底。

"没什么，只是随便问问。"她看了一眼时间，"我真的得走了。"

"我送妳。"

"方便吗？"

"方便，我每天就上上电脑，时间多的是，而且妳还没看过我新买的车呢！"

谢小桐的舅舅几个月前才喜提全球限量3台的Zonda HP Barchetta，这次又买车，也许他还有热情，但谢小桐已经麻木了。

"也好，我顺便看看舅舅的车是什么三头六臂。"她答。

第二十章/周院长

几个月前，谢小桐的舅舅曾开着全球限量3台的帕加尼Zonda HP Barchetta载她到机场，造成不小的轰动，与那辆有棱有角的宝蓝色跑车比，眼前的这辆在外形上更加圆润，配色也大胆，是"黑色+橙色内饰"的组合。

"啧啧啧……"谢小桐边说边摇头，"真豪华啊！"

她舅舅乐呵呵地笑，很得意地说："没办法，我就喜欢开好车。"

据谢小桐的舅舅介绍，这辆布加迪威龙Grand Sports配备了透明车顶，时速最高能达407公里，是跑车界的扛把子。

"如果这辆是跑车界的扛把子，那么你车库内的那几辆算什么？"谢小桐问。

"哈哈！新来的总是比较受宠，我不过是说说而已，妳别太较真。"

谢小桐同样也是说说而已，她对车不感兴趣，倒是对它

78

的速度存疑，按理说开了十多分钟，早该到火车站了，怎么还没个影呢？

"舅舅，你是不是开错路了？"她问。

"没开错，妳不是想到哈尔滨吗？我开过去就是。"

谢小桐听完，差点儿惊掉下巴，从这里开到哈尔滨岂不要一天一夜？这位老先生可吃得消？

她舅舅表示如果吃不消，大不了让后面那两位年轻人代劳。

由于布加迪威龙Grand Sports只有两人座（同样不具备装载物品的空间），所以像上回一样，舅舅的两位保镖连同谢小桐的行李箱尾随在后。

"不，我不想和陌生人坐在同一辆车上。"谢小桐思考了一下，"现在就载我回火车站吧！"

"何必麻烦？我们直接上萧山机场，妳从那里直飞哈尔滨，3个多小时就到了，坐什么火车？"

谢小桐这不是想省钱吗？经舅舅这么一搅和，钱没省下，反倒花得更多（谁都知道在机场买机票贵多了，而她并不想让舅舅破费）。

"不，我的火车票买了，不想浪费，请现在就掉头，否则赶不上火车了。"她说。

在谢小桐的坚持下，两辆车迅速掉头往火车站开去，不一会儿的工夫便抵达目的地。

"小桐，妳不会怪舅舅吧？"她舅舅问。

"怎么会？舅舅愿意送我一程，我感谢都来不及呢！"她看了一眼时间，"糟糕！真要来不及了。"

一番手忙脚乱下，谢小桐拉着行李箱往火车站安检处跑去……

16个小时48分钟后，火车终于抵达哈尔滨站。

谢小桐一走出车站便长舒一口气，这大半天的折腾可真累人，不过能省下六百多元是值得的，毕竟她的月薪只有一千八，这一省就省下约1/3，不可谓不大。

"请问……妳是谢老师吗？"一名方头大耳的中年男子走上前问。

"谢老师？"谢小桐灵光一闪，"您……您是周院长？"

"正是。"周院长笑开了花，"还好火车没误点，刚好赶上吃烧饼。"

"烧饼？"

"嗯！大爱园的孩子们都喜欢吃烧饼，我来接妳，顺便买一些回去。"

谢小桐心想这真是一位有爱心的院长，不仅开一段长路来接她，还替孤儿院的孩子买饼吃。

"好呀！我也尝尝孩子们喜欢吃的饼。"她答。

第二十一章/听我说谢谢你

周院长的车和舅舅的车差的不止一星半点，更夸张的是当车子急转弯时，副驾驶座的车门竟然会自动弹开，若不是谢小桐反应快，估计弹开的门正好击中后方急驶而来的摩托车……

"不好意思，吓到妳了。"周院长惊魂未定地说，"车是从二手市场淘来的，我知道它破，但不知道这么破。"

"没事，门我拉着就是，不会有问题的。"

车子左拐右绕后，最终停在一个居民区的沿街店铺前，门很窄，只容一人进出。

"谢老师，"周院长又说，"这是哈尔滨最有名的烧饼铺，妳想吃什么就点什么，别替我省钱哈！"

谢小桐以为这家店必然消费昂贵，以致于让周院长说出"别替我省钱"这样的话来，可是结果却大跌眼镜，因为店里最贵的也不过5块钱而已。

"要什么？"点餐兼收银员问。

"一个黑胡椒牛肉烧饼，一碗招牌豆腐脑。"谢小桐答。

轮到周院长，他要了一块油盐烧饼和一碗现磨豆浆，另外还打包了40个糖烧饼。

谢小桐注意到周院长点的单价皆为1元，而自己点的，一个5元，另一个3元，合计8元。

等他俩都坐下后，谢小桐对刚买完单的周院长说："我扫您还是您扫我？"

"什么扫？扫什么？"

"我把8块钱扫给您。"

"说什么傻话？这餐我请，算是欢迎新进老师。"

谢小桐的岗位职称其实是保育员，可是周院长从见面起就一口一个地称呼她"谢老师"，让谢小桐怪不好意思的。

"周院长，我只是个保育员，算不上老师，您可以叫我小谢或谢小桐。"她说。

"不，保育员是官方说法，我们大爱园里其实没有保育员，全是老师，而且是燃烧自己，照亮别人的好老师。"

听到这儿，已经不能用"不好意思"来形容，谢小桐感觉自己根本就是"德不配位"，不过一直纠着这个话题不放也没意思，她转问大爱园是不是有40个小朋友？理由当然是周院长买了40个糖烧饼之故。

周院长解释大爱园里有小朋友，也有大朋友，最小的还在吃奶，最大的已上高二，目前的人数是34个，多出来的6个烧饼，一个给黄老师，一个给张老师，一个给全老师，一个给谢老师（也就是谢小桐），一个给他自己，最后一个给师母。

谢小桐心想自己已经吃过烧饼了，怎么还给她留一个？还有，从上述这段话中不难看出周院长的爱心不仅给了园里的孩子们，还惠及员工和师母，可见他是一位好领导和好……丈夫。

吃完早餐，这两人即刻上车。据周院长说，平常进出的道路不巧正在施工，所以回大爱园只能从后山进，意思是耗时会更长些。

谢小桐原本的计划是搭长途大巴进山，周院长的忽然出现省去了不少麻烦，她心想耗时就耗时呗！她正好借机欣赏沿途风光。

"没问题，我是运动员出身，体力好得很！"她答。

事实证明谢小桐说的没错，若换成别人，这过山车似的恐怖经历恐怕早已吐得七荤八素。

"放心，等前山的路一修好，出山进山都会变得容易很多，妳别太快下结论哈！"周院长说。

"下什么结论？"谢小桐问。

周院长支支吾吾的，最后竟告诉她——为了欢迎她的到来，今日的午餐会很丰盛，有肉有菜还有汤。

这转移话题的用意非常明显，谢小桐不免有些忐忑，这该不会是上了贼船吧？！

近下午一点钟，谢小桐终于看到一栋背倚山林的L型白色建筑物，她问周院长那可是大爱园？

得到肯定的答复后，谢小桐又问白色建筑物前为什么站着一群人？

"那是大爱园的孩子们和老师，他们站在那儿是为了欢迎妳。"周院长又答。

果不其然，当谢小桐下车后，原本精神萎靡的师生像打了鸡血似的，立马整整齐齐排好队，一声令下，每个人都引吭高歌，唱的是《听我说谢谢你》。

送给你小心心

送你花一朵

你在我生命中

太多的感动

你是我的天使

一路指引我

无论岁月变幻

爱你唱成歌

听我说谢谢你

因为有你

温暖了四季

谢谢你

感谢有你

世界更美丽

我要谢谢你

因为有你

爱常在心底

谢谢你

感谢有你

把幸福传递……

谢小桐从未遇到过如此令人不安的场面。首先，她是新进员工，尚未做出任何贡献，何来的感谢？其次，为了欢迎她，几十个人曝晒在大太阳底下，还包括一名襁褓中的婴儿，这未免也太夸张了吧？！

虽然哪哪皆不对，谢小桐还是配合着边微笑边打拍子。当歌曲结束后，一名红衣女孩走过来献花，有那么几秒钟，谢小桐以为自己是地方官员，正在做例行的巡视工作……

"谢谢妳。"谢小桐收下花，接着将目光投向女孩背后一行人，"谢谢你们。"

待献花和致谢完毕，周院长宣布可以吃午饭了，按照惯例，由第一梯队的人先吃，其余的回屋待着。

话一答完，众人做鸟兽散。

"谢老师，"周院长接过她的花，"妳先去吃饭吧！"

结果这一吃，花便不翼而飞，再出现时已是另一种样貌……

第二十二章/挂羊头卖狗肉

❧

周院长说为了欢迎她这位新进人员，今日的午餐会很丰盛，有肉有菜还有汤。果不其然，桌上有豆角炒肉末、香葱拌南瓜和黄豆芽番茄鸡蛋汤。

谢小桐忍不住往孩子的那一桌望去，也是同样菜色。

"谢老师，妳多吃点儿哈！"一位25岁上下，不施脂粉的女人说。

"谢谢！"谢小桐端起碗筷，"还不知道怎么称呼各位。"

话甫歇，同桌的每位同事都自报姓名，一个姓黄，一个姓张，一个姓全，与周院长说的完全吻合。

"厨房里忙着的是前院长夫人，"黄老师继续说，"不过我们都跟着周院长喊她师母，她是前院长遗孀。"

黄老师不说，谢小桐还以为师母是周院长的老婆呢！

"噢！那前院长上哪儿去了？"谢小桐边吃边问。

空气瞬间冷了下来，谢小桐这才发现说错话了，赶紧承认错误，接着表示这里的伙食不错，有肉有菜还有汤。

"那是因为妳来了。"张老师答，"记得我来的第一餐也还行，有肉有菜还有汤。"

其他两位老师立即点头同意。

见状，谢小桐的心喀噔了一下，莫非这里的伙食差，只有新进人员到来时才会得到改善？

虽然有疑问，但谢小桐没有进一步打破砂锅，而是问怎么不见周院长一起用餐？

全老师答周院长和师母是第二梯队，毕竟第二梯队的孩子们也需要有人看管，而师母还得煮第二梯队的餐，因为铁锅再大，一次也只够煮20人份，加上伙食本来就不好，如果冷菜冷饭上桌，岂不雪上加霜？

这个回答无疑证实了谢小桐之前的猜测（伙食不好），她瞬间感觉不妙，紧接着问这里能洗热水澡吗？

"能，不过每人限时五分钟，用多了容易吵架，因为那代表排在后面的人无热水可用。"全老师答。

谢小桐是运动员出身，身体上的劳累是家常便饭，但再怎么挥汗如雨，"伙食好"和"热水24小时供应"是基本标配，她还没想过要如何应付这两方面的缺失。

吃完饭，黄老师让谢小桐跟着她，因为她得让接替她的人熟悉一下业务。

"妳找到别的工作了？"谢小桐问。

"没，我要到国外读研究生。"黄老师停顿了一下，"想当初我不顾家人阻拦，铁了心要过来，如今一年过去了，我的心态也产生变化，于是出国读书又提上日程。"

"为什么？这里不好吗？"

87

"好与不好，见仁见智。老实说，我是眼高手低型，也没什么耐心，偏偏这份工作最需要的是耐心，不过我的离开也未必是坏事，这可不，上天又送来一位小天使。"

谢小桐愣了一会儿后才意识到自己正是黄老师口中的那位小天使。

"呵呵！好歹还有另外两位小天使陪我。"

"不，"黄老师骤然停下脚步，"张老师和全老师下个月就走，一个在月初，另一个在月底。"

听黄老师这么一答，谢小桐吓得六神无主，敢情整个大爱园34名孩子都交给她管？就算是神力女超人来了，恐怕也难以招架。

黄老师宽慰她没那么糟糕，因为再过两个多月就放暑假了，到时候就会有支教老师前来救急……

"等等，妳的意思是我们不止是保育员，还是货真价实的老师？"谢小桐睁大眼睛问。

"当然，周院长没告诉妳吗？"

这个反问让谢小桐寒毛直竖，她的文化课不行，拿初中数学来说，连吉格分都未必能达到，如何教学？

"征人启事上明明写的是保育员，"她弱弱地答，"没想到挂羊头卖狗肉。再说，如果雇的是老师，这一千八的月薪未免也太抠了？！"

黄老师纠正一千八的月薪是"保育员+任课老师"的待遇，非单指保育员或任课老师。话说回来，大爱园一开始雇的确实只是保育员，因为教学有学校代劳，奈何现在的年轻人既不爱生育，又一窝蜂地往大城市跑，在生源短缺的情况下，邻近学校被迫一一关门，大爱园只能"自给自足"，既是孤儿院，同时也是学校。

"也就是说直到支教老师出现，我一个人得负责34名孩子的保育和教学工作，甚至还得腾出手照顾一个正在吃奶的婴儿？我的老天！"谢小桐仰天长叹。

"怎么会只有妳一人？"黄老师反问，"不是还有周院长和师母吗？"

这个回答倒不如不答，周院长已两鬓斑白，师母则老态龙钟，她将是员工里唯一一位"热血"青年，这一切的一切，可真他妈的太好了！

"老师，"一名年约七、八岁的孩子向她们奔来，"王蕙玲又晕倒了。"

"知道了。"黄老师转向谢小桐，"待会儿我照顾王蕙玲，妳负责上课。"

谢小桐一惊，上课？上什么课？

然而话还没问出口，黄老师便已渐行渐远，谢小桐只能快步跟上。

第二十三章／通下水道的院长

黄老师把一名瘦小的女生从地上抱起，匆忙走出教室，此时，所有孩子的目光都转向谢小桐。

"咳咳、"她咳嗽两声，"我们现在上什么课？"

无人回应，谢小桐又问了一次，方才来唤老师去救人的小男孩终于开口："我们混在一起上课，上什么由老师决定。"

"混在一起上课……"谢小桐喃喃道，"你们不是同一年级？"

这次的回答倒很及时，全都异口同声地答："不是。"

谢小桐观察一下每张脸孔，的确是有年龄上的差距。

"一年级的举手。"她说。

有4只小手举起来。

"二年级的举手。"她又说。

有3只小手举起来。

统计的结果：一年级4位，二年级3位，三年级5位，四年级8位，五年级2位，六年级2位。

"你们老师都是怎么上课的？"谢小桐紧接着问。

经过刚刚的"热身"，孩子们已渐渐不那么生疏，他们七嘴八舌地抢答，从一个个零碎的答案中，谢小桐逐渐拼凑出概括的轮廓来。

"好，我清楚了，现在我上四年级的语文课，一到三年级的小朋友画画，五、六年级的写练习册。"

谢小桐之所以选择先上四年级，除了四年级的学生比较多之外，原因还在于这个阶段的孩子年龄不算太小，她不用特别留意遣词用句，同时也不算太大，课程应该相对容易。

然而才上完两则文言文，谢小桐就暗呼不妙，怎么连小四的语文课都这么拗口？还让不让她活？

"课就上到这儿，"谢小桐宣布，"四年级的小朋友开始写作，题目是《我的梦想》，我现在上一年级的数学课。"

还好一年级的数学只是100以内的加减法，谢小桐算是游刃有余，也正因信心大增，上完一年级的数学后，她乘胜追击，把二年级和三年级的数学也一并上了，只是苦了五、六年级的学生，直到下午的课全部结束，也没能等来上课，表面原因是时间不够，实乃谢小桐的心里发虚，害怕在学生面前出糗，毕竟五、六年级的课还是有一定的难度，她没把握在没备课的情况下还能不出错。

一声"下课"后，谢小桐快步走向院长室。

"谢老师，辛苦了，听说今天下午妳独挑大梁，第一次上课就带6个年级，真是了不起！"周院长一见她就说。

"周院长，我有话要说……"

"放心，院里的婴儿由师母照顾，妳还是个未出嫁的小姑娘，由妳照顾我还不放心呢！哈哈！"

"我是没照顾过婴儿，不过这不是重点，而是……"

"听着，妳只要教好院里的孩子，其他就交给我和师母。"

话甫歇，一个孩子冲进院长室说下水道堵了。

"谢老师，我得通下水道去了，现在不通，臭味很快会飘出来，影响大家的心情。"

"当然，这件事比较重要。"谢小桐无奈地答。

"妳想跟我去吗？"周院长忽然问。

"去哪儿？"

"看我怎么通下水道。"

谢小桐没看过别人通下水道，横竖没事，看看无妨。

"好，也许我还能搭把手。"她答。

"不，妳远远看着就行，这种脏活还是由我来做。"

后来他们一同走到杂草丛生处，周院长一打开窨井盖，一股臭味随即扑面而来，谢小桐立马捂住口鼻。

"挺臭的，妳站远点儿。"周院长说。

谢小桐随即后退好几步，可是周院长似乎不受影响，他拿起铁勾往里勾了勾，勾出大件污物后，再把下水道里的脏东西一瓢一瓢地往外舀，再一盆一盆地倒掉，即使穿上防水塑料衣，他裸露的皮肤上仍可见污渍斑斑。

"好了，"周院长将窨井盖重新盖上，接着站起，"过一会儿就没臭味了。"

"您......"谢小桐忽然感觉鼻子发酸，"您何不找个疏浚工？"

"找过，通一次得200元，有那个钱，倒不如给院里的孩子和老师们加餐。"

看到周院长的表现，谢小桐既感动又难受，感动是因为这年头还能见到无私奉献的人；难受是因为她改变不了现状，同时"一度"想临阵脱逃。

"谢老师，"周院长开口，"我去洗个手，再换件干净的衣服，妳有什么话，待会儿上院长室说。"

"不，不用了，都是一些蒜皮小事，没什么重要的。"

"那好。"周院长看了一下天色，"快吃晚饭了，等吃完晚饭再批改作业，批改完妳就能休息了。"

谢小桐万万没想到吃完晚饭还得批改作业，这岂不是变相加班？但一想到院长都能屈尊通下水道去，她改个作业算什么？

"知道了，我会做好份内的工作。"谢小桐答。

"那就好，那就好。"周院长欣慰地笑了，"果然天无绝人之路，太好了！"

第二十四章/有底深渊

今天的晚餐是"饼加汤"的组合，饼是今天早上周院长买来的糖烧饼，汤则是橙色菜汤，上面还浮着几片薄薄的肥猪肉。

"谢老师，"全老师坏坏地笑，"妳有没有觉得这汤看起来很面熟？"

"没有。"谢小桐再次确认，"肯定没有，这汤的颜色很奇怪，我绝对是第一次见。"

话甫歇，同桌三位哈哈大笑，让谢小桐很不是滋味。

"这是金针花，"张老师终于揭开谜底，"也是妳今天收到的花。"

谢小桐看过市场卖的金针花，它们像一根根的牙签，而她收到的明明是盛开的黄色花朵，怎么会是同一种东西？再说，她也无法将眼前的这盆汤与自己收到的花联想在一起。

"是吗？"她喃喃道，"怎么把送我的花给煮了？"

话音一落，同桌三位又哈哈大笑起来。

"怎么了？"谢小桐微愠，"我说的不对吗？"

"对对对，妳说的对。"黄老师答，"这里的每位老师刚到时都收到花，结果全成了盘中餐，好比我那会儿收到的是玫瑰花，当晚就成了饺子馅儿。"

玫瑰花馅儿饺子？这倒稀奇！谢小桐瞬间来了兴致，忙问另外两位收到什么花？下场是什么？

张老师答她收到的是紫色小蓟，又叫刺儿菜，后来和鸡肉一块儿炒着吃。

全老师答她收到的是槐花，师母将它做成凉拌菜，还挺好吃的。

"怎么连花都吃上了？这附近难道没有菜市场？"谢小桐问。

此话一出，另外三位面面相觑，场面很是尴尬。

"怎么了？"谢小桐有些胆怯，"我说错话了吗？"

在三位"前辈"的提醒下，谢小桐茅塞顿开，原来自己和晋惠帝一样，说出了"何不食肉糜？"那样的蠢话来。

"抱歉让各位看笑话了。"谢小桐很是羞愧，"我知道孤儿院难，但没想到会这么难。"

"能理解。"黄老师答，"如果不是这么难，我也不会走，毕竟这里的孩子们都很淳朴可爱，离开还真有点儿舍不得。"

其他两位老师跟着点头，看来深有同感。

知道孤儿院的经济状况比自己想的还要糟糕后，谢小桐决定献爱心并且试着甘之如饴（不甘之如饴也不行，钱就这么点儿，这边用多了，代表另一边就匮乏了，惟有降低期待值才不会受伤害）。

然而等三位老师皆相继离开后，谢小桐才知道有些事不是降低期待就能迎刃而解。

"这是什么？"周院长问。

"上面写了。"

"我老花眼，看不清楚。"

"辞职信！"谢小桐扬起声，"我想辞职，现在、立刻、马上！"

"妳妳妳……稍安勿躁，我是老花眼，不是耳聋。"周院长拉开抽屉，拿出一张纸，"妳看看这个。"

谢小桐匆忙读了一遍，仍雾里看花，周院长遂解释给她听，原来有人捐了一笔巨款给孤儿院，可惜被冻结了，银行特地发来书面说明。

"那笔巨款该不会是上面写的一百万元吧？！"她问。

"正是一百万元。"周院长答。

"钱为什么会被冻结？"

"不知道，纸上没说，我也不清楚。"

谢小桐接着表示就算有人捐巨款给孤儿院，并且因不明原因被冻结，这也跟她的辞职无半毛钱关系，不是吗？

"当然有关。"周院长说，"妳无非就是工作量太大，一时情绪失控，如果有了这笔钱，学校的软硬体就能跟上，也请得起老师，如此一来，妳就能减轻负担了。"

"话说得没错，可是钱被冻结了呀！"

"今天被冻结不代表明天也被冻结，话说回来，就算收不到钱，日后应该还会有善心人士给孤儿院捐款，所以我们还是要怀抱希望，别老往坏里想。"

听完，谢小桐仿佛被当头一棒，默默收走辞职信，原因有二，一是几个月前她曾答应雷骏把欠款当成捐款（捐给大爱园），一忙竟忘了，如今经周院长提醒，她赫然想起自己还"欠"孤儿院钱，怎么也得把欠款还清了再走；二是她没钱，但舅舅有钱，只要说服自己的舅舅捐款，孤儿院立马能起死回生，她也无庸再起早贪黑，每天忙得像转个不停的陀螺。

主意一打定，谢小桐立即给舅舅发短信，可是一天过去了，依旧无消无息，这很不寻常，于是一通电话打了过去。

"妳的短信我看了。"她舅舅答，"捐款没问题，有问题的是我不想要妳待在那么荒凉的地方，如果妳答应回来，我立马打钱。"

谢小桐心想这岂不是为难人？捐款是一回事，强迫他人"甩担子不挑"又是另一回事，怎能混为一谈？

"既然这样，"她说，"那么10个月后你再捐款吧！"

"为什么要等10个月？"她舅舅问。

"因为我跟孤儿院签了一年的合同，提前毁约不好。"

"妳怎么跟妳父亲一样固执？"他长叹一口气，"还是那句话——妳回来，我捐款。至于回不回来，妳自己看着办。"

挂断电话后，谢小桐感觉自己已无后路可退，只能往前冲，还好这是有期限的，只要熬过了就好，加油！

第二十五章/合二为一

就在支教老师到来的前两个礼拜，周院长说他要到市里参加一个会议，一去一返起码得两天，所以大爱园就交给谢小桐了。

"交给我是什么意思？"她问。

"意思是妳就是大爱园的大家长，也就是临时的代理院长。"

谢小桐立即敬谢不敏，她才19岁，当院长未免可笑？！

"大爱园怎么也得有个管事的人，妳不当代理院长，难道让师母当？"周院长反问。

谢小桐心想那也不是不可以，但话到嘴边又吞下，改问周院长是不是两天后一定回？

"当然。"周院长斩钉截铁地答，"主办方只报销一晚的住宿费，我不可能自掏腰包。"

有了这个答复，谢小桐安心多了，甚至还为自己画了一个大饼——在当代理院长的两日里，她要坐在院长办公室的椅子上过一把官瘾。

岂料院长的椅子还没坐热，学生就来喊人，谢小桐瞬间又回到保育员兼教师的身份，一个早上忙得团团转，直到午餐时间才得空坐下来吃一口热饭，可是吃着吃着，一股既陌生又熟悉的感觉回来了，她放下碗筷冲进厨房，此时的师母正在灶前挥洒汗水。

"师母，妳的白菜炖粉条......"

谢小桐话还未说完，师母便问她是不是吃不习惯？

"不是习不习惯的问题，而是妳的白菜炖粉条很像......很像我煮的。"她答。

"是吗？我还怕没点儿肉味不好吃，特意加了一勺猪油。"

这个回答让谢小桐忆起半年多前发生的事，当时的她也怕没点儿肉味不好吃，特意加入猪油，没想到歪打正着，煮出了雷骏想要的味道来。

"我来这里这么许久，今日还是第一次吃到白菜炖粉条。"谢小桐说。

"妳若早几年过来就不这么说了。"师母解释，"以前我老做这道菜，孩子们只要见到餐桌上又是白菜炖粉条，无不唉声叹气，但自从医生说周院长的血脂高，得禁食猪油后，我就很少再煮这道菜了。今天恰逢周院长不在，我才又让菜上桌，吃的是回忆。"

解开疑惑的谢小桐重返饭桌，吃饱喝足后，师母从厨房走出来对她说："接下来的一个小时由我照看孩子们，妳可以回房小憩一下。"

意外得来休息时间，谢小桐很开心，道谢后即离去，可是行经院长办公室时，里面的座机忽然大响，她遂走进去接听，岂料对方已早一步挂了。

"搞什么？"谢小桐嘀咕完，接着环顾四周。

眼前的办公室不大，她已经来过不下一百回，可是一直没细看墙上挂着的照片（从发黄的程度看，应该已有一定的年头），此刻横竖无事，瞧瞧也好。

于是谢小桐一张张地看去，发现照片是按照时间先后排序，最早始于1982年，当时的院长姓车，到了1993年换上了荣院长，他身边站着的应该就是他的夫人（即现在的"师母"）。时间辗转来到2005年，照片上的院长换上了周院长，他正襟危坐，身后站着数十位孩子，全对着镜头傻笑……

"那些都是老照片，可能看不太清楚。"师母忽然现身说，"您想看历届孩子们的大头照吗？"

"不，不用了……等等，历届？"

"嗯！这里的孩子到了18岁就得离开，要嘛继续升学，要嘛就业，有的日后还会回来看看，多数则从此音讯杳然。"

谢小桐恍然大悟，接着表示看看也好，于是师母搬来好几本相册，同时声明上面标注的生日不一定准确，除非生父生母在遗弃子女时就已交代清楚了。

"怎么生父生母还好意思露脸说？"她问。

"不，不是这个意思，我说的是有些父母会把孩子的名字连同生日一起写在纸头上，然后塞进孩子的衣物内。如此一来，大爱园至少知道被遗弃者的姓名和年纪。"

"莫非有连姓名和生日都不留的？"

"当然有，不过这就麻烦了，我们只能帮着取名，并且依据孩子的个头大小给个差不多的出生年月日。"

谢小桐咋舌，世上怎会有如此不负责任的爹妈？

"那妳慢慢看，我去招呼一下孩子。"

师母说完后走人，谢小桐则一张张地翻看，当她翻看到最后一本时，一个"眼熟"的人影出现了。

"怎么这个人看着像是雷骏，尤其名字里还有个骏字？"她思考了一下，"不行，我得问问。"

一直到晚饭结束，谢小桐才觑了个空找上师母。

起初，师母表示她的脑子越来越不好使，恐怕无法回答她的问题，但一听说问的是"成田骏"，立马又表示知道。

"太好了，他是怎样的人？今年几岁了？"谢小桐问。

"怎样的人？"师母想了想，"就是很普通的人，话不多，有点儿孤僻，至于几岁？大概二十多吧！妳为什么问这个？"

谢小桐解释她认识一个叫雷骏的，长得很像成田骏，她怀疑这两人是同一人。

"妳说的雷骏是中国人吗？"师母又问。

"是。"

"如果确定是中国人，那么这两人肯定没什么关系，因为成田骏是日本血统，生父生母皆是日本人。"

谢小桐没料到竟会是这个结果。

"看来我搞错了，"她喃喃道，"原来世上真有长得相像却毫无关系的人。"

"当然有长得相像却毫无关系的人。"师母乐呵呵地答，"我猜妳认识的人没有胎记，成田骏不仅有，还好大一个。"

谢小桐一听，心里喀噔了一下，忙问那个胎记是不是长在腰上，而且有月饼那么大？

"妳怎么知道？"师母反问。

谢小桐当然知道，因为雷骏的腰间就有一个月饼大小的胎记。

"我猜的。"她答，"对了，妳知道雷……成田骏现在在哪儿吗？"

"这个真不清楚，离开大爱园的孩子就像泼出去的水，逢年过节还能问候一声就很不错了。再说，他们都已成年，没必要向大爱园通报自己的行踪。"

谢小桐立即表示理解。

"报告，"一个学生忽然闯入，"荣志伟和车百艺又打架了。"

"这两人可真是精力充沛！"谢小桐摇头苦笑，"师母，我过去处理一下。"

"去去去，"师母答，"我还得把面发上，明天好蒸馒头给你们吃。"

第二十六章/欢迎支教老师

周院长一踏入大爱园，谢小桐便迫不及待地问他记不记得成田骏？

"当然记得，"周院长放下公事包，"妳怎么忽然问起他？你俩认识？"

谢小桐解释她认识一个叫雷骏的，怀疑他与成田骏是同一人，所以想从周院长这里多了解一些。

"那就难了。"周院长挠挠头，"虽然我是院长，他是院里的孩子，但成田骏话不多，我对他也不是很了解，除了学习成绩中下，经常独来独往外，其他真没什么印象。"

"就这样？"

周院长思考了几秒钟后，回答他是2005年接手大爱园的，交接时前院长曾告诉他有关成田骏的身世，并且一再叮嘱得保密，哪晓得成田骏早已猜到自己的身世，他索性也就承认了。后来，成田骏离开后还曾回来探望过两次，每次都会给孩子们发放文具和小零食，所以这里的孩子们还很期待他的到访。

"曾回来过两次？"谢小桐喃喃道，"怎么师母没提？"

"呵呵！师母忘的事可多了，妳以后就知道。"

"那么雷……成田骏最后一次拜访大爱园是什么时候？"谢小桐接着又问。

"呦！让我想想……应该有两、三年没看到他了。"

听完，谢小桐自言自语："中国不止一所孤儿院，如果他不是成田骏，这说不通呀！天底下哪有那么凑巧的事？"

现在换周院长好奇了，于是谢小桐道出他俩相识的过程（当然隐去难以启齿的部分）。

"如果雷骏就是成田骏，"周院长说，"看样子他混得不错，又是巴厘岛又是菲律宾的，我最远也就去过北京，还是出差去的。"

谢小桐同意此人的经济状况应该不差，否则也不会一出手就是一大叠钞票，同时独居（无他人分担租金），有女佣和园丁，开的还是最新款的马自达CX-5……

"莫非那笔一百万元的捐款来自雷骏，也就是成田骏？"谢小桐忽然脑洞大开地问。

"不清楚，捐款人叫林灵七，一看就是假名。"周院长答。

此回答让谢小桐产生两个疑问，一是如果雷骏就是成田骏，同时也是一百万元的捐款者，那么一个无资源、无背景的孤儿要如何在短时间内累积如此多的财富？二是捐款被冻结了，倘若钱是合法途径得来的，又怎会被冻结？

然而这些疑问都因当事者的"不在场"，最终成了"未解之谜"。

"不谈这个了。"谢小桐另起炉灶,"支教老师快来了,我该准备些什么?"

"放心,该准备的我会准备,妳只需带他们熟悉环境即可。"周院长停顿了一下,"话说回来,这些老师都是经过培训的在读大学生,又是短期支教,教学能力和热情肯定有,需要克服的是物质方面的匮乏,其他则无需担心。"

谢小桐听完大松一口气,她正打算利用支教老师前来的这段时间里,开小差把救生员证书给考出来,如果支教老师不能很快上手,那可不妙。

"这次有几位支教老师过来?"她紧接着问。

"原则上五位。"

谢小桐心想五位也够了,压根儿就没去细想为什么周院长会使用"原则上"这三个字。

一眨眼,欢迎支教老师加入的日子来到,可是说好的五位却只来了一位,还是个肤白柔弱的城市姑娘,一看就吃不了苦,谢小桐不免心中打鼓。

虽然内心有不祥的预感,但该有的仪式还是得有,等孩子们唱完《听我说谢谢你》,谢小桐安排一名穿黄裙的女孩献花。

"谢谢妳。"新老师收下花,接着将目光投向女孩背后一行人,"谢谢你们。"

当献花和致谢的流程都走完后,周院长宣布可以吃午饭了。

话一答完,学生们自动分成两支队伍,一队往食堂走去,另一队则回教室。

"魏老师,"周院长接过送给新老师的花,"妳是第一梯队,先去吃饭吧!"

结果这一吃，花又不翼而飞，再出现时已是另一种样貌
......

第二十七章 / 魏雅芝

虽然谢小桐是前辈，魏雅芝是后辈，但魏雅芝却比谢小桐大上两岁，现在是一名大三生，学的是金融专业，此次前来支教是为了增加生活的厚度和获得社会实践的经验。

"怎么连花都吃上了？"魏雅芝看着桌上的伙食，"这附近难道没有菜市场？"

谢小桐有些尴尬，支支吾吾的。

"怎么了？我说错话了吗？"魏雅芝有些不解地问。

"妳没说错，是大爱园资金不足，不得不做出一些变通。记得我那会儿收到的是金针花，后来煮成菜汤，就着甜烧饼吃。"

魏雅芝吐了吐舌头，表示她知道孤儿院难，却没想到会这么难。

"的确，如果不是这么难，我或许会待久一点儿，毕竟这里的孩子们都很淳朴可爱，离开还真有点儿舍不得。"她答。

"妳打算上哪儿去？"魏雅芝接着问。

"目前的计划是等妳熟悉环境后就下山把救生员证书考出来，然后赶在合同结束前拿到游泳教练资格证，我的梦想是办一所游泳学校。"

此话一出，魏雅芝立马催促她走，因为考试重要。

谢小桐当然不肯，因为新老师才来两天，屁股都还没坐热呢！

"放心，"魏雅芝答，"来之前我已经集训15天，再经初审、面试和复审，是少数几个能够存活下来的人，所以一定没问题。"

谢小桐也注意到魏雅芝虽然外表看起来柔弱，实则能量满满，而且极具耐心，天生就是当老师的料，然而就这么把烫手山芋给扔出去，她还是有些于心不忍，遂答："让我问过周院长再说吧！"

岂料周院长也同意，理由是学期刚结束，新课本还未送到，此时请假正好。

既然大Boss都点头了，谢小桐没理由磨蹭，于是转身准备离院事宜。

第二十八章 / 擦肩而过

拿救生员证书不难，只要体检通过再经培训和考试，大部分人都能轻松拿下，只是谢小桐很小就投入游泳训练，文化课和同侪一比，简直落后太多，还好她是游泳界的老手，两项成绩（理论笔试和泳技实践）一平均也就顺利通过了。

"咦！回来了，这么快？"周院长一见她便问。

"都十天半个月了，还快？可见大爱园没有我也能运转自如。"

"啧啧啧！说的什么话？大爱园少了谁都可以，就是不能没有妳。妳不在的时候若不是成田骏帮忙，早乱成一锅粥了。"

听到"成田骏"三个字，谢小桐立即两眼发光，忙问是不是成田骏回来了？

"嗯！他还带来很多礼物，包括电脑、投影机、食品和日用品等。"周院长答。

"那我去找他。"

"晚了，他前天刚走。"

听说成田骏已离开，谢小桐像泄了气的皮球。

"其实见不见面都无所谓。"周院长解释，"我告诉他这里有位谢老师很可能是他的旧识，他答他从没去过巴厘岛，也不认识姓谢的女生。"

虽然成田骏矢口否认，但谢小桐就是不相信，理由是以往他都是当天走（经追问后得知），这次却待了一个礼拜，她直觉认为成田骏是为了等她才留下来，否则没必要待这么久，不是吗？

"他有没有说什么时候还会再来？"谢小桐又问。

"这就不清楚了，他走得很匆忙，连早餐都没吃，也许妳问问魏老师。"

知道"同事"或许能解答疑惑，谢小桐立即转移阵地。

"不知道耶！他没说。"魏雅芝答。

谢小桐听完后怅然若失。

"不过他倒是曾问起妳何时回来？由于我和周院长都不清楚，他便不再提了。"魏雅芝又补上几句。

谢小桐心想这不就对上了吗？如果成田骏不是雷骏，何必多此一问？哎！也怪她第一次考救生员证，一切都很懵懂，但凡有个确切的归期，两人或许就见上面了，也就不用在此百转千回地胡乱猜测。

"他怎么样？"谢小桐接着问。

"妳说成田骏？"魏雅芝想了想，"很寡言的一个人，经常板着脸，好像有什么心事。"

"噢！"

"怎么，妳认识这个人？"

当谢小桐回答不认识时，魏雅芝的两眼瞪得像铜铃似的，仿佛在问——妳寻我开心？

"我没寻妳开心。"谢小桐答，"目前来看是不认识，但谁晓得是不是真的不认识。"

话音一落，魏雅芝的两只眼睛张得更大了，谢小桐赶紧转话题，问："课都上到哪儿了？"

"我刚给高中部上完课，妳能不能去看看小学部？孩子们已经自习两节课了。"

"没问题，我这就过去。"谢小桐答。

第二十九章/翘首以盼

本来打算上课的谢小桐灵机一动，忽然问起了成老师。

"不是成老师，"一个孩子立马纠正，"他姓成田，是成田老师。"

"成田？好吧！就算是成田老师好了，你们觉得他怎样？"她问。

孩子们面面相觑，于是谢小桐给出提示（譬如外表、谈吐、学识等），得到的答案是——身材高瘦、表情严肃、经常让学生自己找答案、喜欢讲国外的所见所闻……等。

谢小桐紧接着问成田老师都去过哪些国家？结果柬埔寨、老挝、缅甸、菲律宾、泰国等一一出笼。

"他有没有提到印尼？"谢小桐不死心地问。

"没有。"孩子们异口同声地答。

"真没有？"

孩子们你看我，我看你，场面有些拧巴。

"巴黎。"一名六年级的女生忽然答。

谢小桐像抓住救命稻草,忙问是巴黎还是巴厘岛?这次有两个男生跳出来支持"巴黎"这个答案。

"是吗?"谢小桐喃喃道,"那么成田老师说巴黎怎么样?"

学生们你一言我一语,当说到"竹屋"二字时,谢小桐来了兴致,问成田老师怎么就住进竹屋了?

"那是他租的。"一名学生答,"竹屋有游泳池和厨房,但没有厕所,如果想方便只能进树林里解决。"

"对,"另一名学生接棒,"成田老师还说上厕所要快,否则雪白的屁股很可能会被蛇咬上一口。"

话甫歇,惹来哄堂大笑。

"安静安静,"谢小桐赶紧控制场面,"成田老师是一个人住还是……他有没有提到一个女生?"

突来的沉默让谢小桐很是尴尬,她快速结束话题,开始上课……

一个月后,魏雅芝回大学继续她的学业,紧接着又有两名志愿者顶上,大爱园就在爱心老师们的轮番接棒中运行着;反观谢小桐,她也在这段期间内考取了游泳教练资格证,算是达到她的既定目标。

这一天,周院长对谢小桐说:"妳的合约即将期满,是否要续?"

"不了,我的文化课不行,还是别祸害孩子了。"

"文化课不行,只当保育员也行。"周院长说。

"那更不行,我连自己都照顾不好,何况别人?若不是……哎!不说了,反正不行就是。"

知道留不住人，周院长遂说了祝福的话。

"谢谢！"她答，"对了，捐款收到了没？"

"没，一百万元还是没个影哪！"

"我不是指那一百万元。"

周院长想了想，最近的确收到两笔捐款，一笔2500元，另一笔50000元，全是无名氏捐的。

听说捐款已收到，谢小桐兴奋问道："您打算如何利用这两笔钱？"

"当然是先改善一下院里的伙食和住宿环境。"周院长答。

话说那两笔捐款中的2500元是谢小桐捐的（算是还了雷骏的欠款），另外一笔五万元则是她舅舅杨守光捐的，此人一听说外甥女就要离开大山，乐得实现当初的承诺，殊不知"离开"是谢小桐的既定计划，她从没打算要窝居山上一辈子。

"太好了！这下子我总算可以安心离开了。"谢小桐说。

"哈！这提醒我到时候得为妳准备点儿什么。"周院长答。

谢小桐心想还能是什么？无非是全体大合照或师生大合唱，反正换汤不换药。

"好，我翘首以盼。"她答。

第三十章 / 手下留情

被萧老板的手下盯上后，成田骏飞往缅甸，在几个城市间转悠了近9个月，最后破防的竟是他的中国胃（在吃了268天既酸又辣且咸鲜并存的缅甸菜后，他太想念酱骨头、干肠、小鸡炖蘑菇和东北炖菜了）。

成田骏的计划是拿着买来的证件从木姐口岸入境瑞丽，再辗转回到哈尔滨，等满足味蕾后便原路返回缅甸，然而当他行经哈尔滨最有名的烧饼铺后，忽然改主意——既然来都来了，何不回大爱园看看？

主意一打定，他立即买了一百个烧饼，咸甜都有。

"小伙子，你怎么买那么多烧饼？"店老板好奇一问。

"这饼是我小时候的回忆。"他答。

"那也不用一下子买那个多啊！吃得完吗？"

成田骏笑了笑，没回答。

买完饼的成田骏觉得还不够，遂又上商场采购，清单上包括电脑、投影机、食品和日用品。等约好送货时间，成田骏叫上网约车，往山上驶去。

对于成田骏的忽然到访，周院长显得有些慌张，他已经有两、三年没见到这个孩子了。

"许久不见，最近好吗？"周院长边示意访客入座边问。

"还行，我给孩子们送饼来。"成田骏坐下后答。

周院长探了探袋内东西，接着表示这些饼正好给孩子们加餐。

"我还买了其他东西，明后天应该会陆续送到。"成田骏又说。

"太感激了！我代替孩子们谢谢你。"

"哪里，没有大爱园就没有我，做人总得饮水思源。"

话说得云淡风轻，但成田骏并没有忘记成长过程中所经历的"阵痛"，与其说是饮水思源，倒不如说是借"给予"来得到内心的平衡，这可以说明为什么他会豪捐一百万元而面不改色，毫无疑问，这是"以德报怨"和"扬眉吐气"的心理在作祟。

"待会儿你就留下来与我们共进午餐吧！"周院长说。

"不，不用了，网约车还在外面等我，我待会儿就走。"

"上哪儿去？"

"……北京。"

"紧急吗？"

"嗯！"

周院长随即表示可惜，他原本想让谢老师亲自指认。

"指认什么？谁又是谢老师？"

116

"谢老师是这里的老师，"周院长解释，"ta说ta在巴厘岛认识一个叫雷骏的，长得跟相册里的你很像，ta怀疑两人是同一人。"

成田骏一听，赶紧撇清，表示他既没去过巴厘岛，也不认识姓谢的女生……

"噢！我说谢老师是女的吗？"周院长问。

"我……我以为……如果不是，算我误会了。"

"哈哈！我不过开个玩笑，瞧你紧张的……实话告诉你，谢老师的确是女的，她叫谢小桐。"

不知怎的，听到这个名字的成田骏竟然心跳加速。

此时，急促的喇叭声传来，应该是网约车司机等不及了。

"看来这个司机很没耐心。"周院长说。

"是的，既没耐心，开车还横冲直撞。"成田骏停顿了一下，"反正饼已送到，话也交代了，是时候离开。"

然而只一会儿工夫，离开后的成田骏又踅回，理由是回北京已没那么紧急，他可以留在大爱园当几天义工。

"太好了！"周院长说，"刚好谢老师请假考试去了，我们正缺人手。"

"呃……那……那她何时回来？"

"不清楚，应该很快会回来。"

结果这一等却大大超过预期，成田骏不得不告辞，毕竟亡命之徒不适合在一个地方久待。

当成田骏的背影渐行渐远时，周院长的内心五味杂陈……

时间跳回到两年前的某日下午，一名警察来到院长办公室，问他可记得成田骏？

"当然记得，怎么，他惹麻烦了？"周院长问。

"是的，他私吞了一笔巨款，目前被全国通缉。如果成田骏回到这里，请拖住他，并且立即通知警方。"

"孩子犯案"大概是所有教育人员最不愿听到的消息，周院长感觉天旋地转。

几个月后，周院长收到一封来自银行的信件，大意是有人汇了一百万元给大爱园（备注栏里写着捐款），但这笔钱却被冻结了。

将两件事摆一块儿，周院长不免怀疑——钱是成田骏汇的，因为是不法所得，所以被冻结了。

如果年轻时的周院长不曾失足过，此事好办，把"通缉犯"交给警察便完事了，问题是他也曾迷失过，若不是当时的荣院长及其夫人（也就是现在的"师母"）将事压下去，他这辈子算完了，只能在牢里度过……

天人交战七日后，周院长决定还是通知警方，岂料刚拿起话筒，成田骏便走了进来，表示自己要上北京去。

"那……路上小心点。"周院长说。

"好。"

"再见。"

"再见。"

两日过后，周院长才拨打报警电话，警察问人呢？他答已经走了两天。

"你怎么现在才打电话给我？"警察气急败坏地质问。

"抱歉！人老了，脑筋不好使，我一忙就把你交代过的事给忘了。"

"那他有没有说上那儿去？"

"没。"

警察又埋怨几句才挂上电话，周院长顿时松了一口气。

"成田骏啊成田骏，"周院长喃喃自语，"我只能帮你帮到这里，如果再上大爱园来，那就是命运的安排，届时我只能选择当好公民了。"

第三十一章/又一个谎言

拍完大合照又一起合唱了《听我说谢谢你》，周院长忽然让谢小桐发表临行感言。

这个安排太令人措手不及，谢小桐的脑子一片空白，只能说一些不着边际的话，好比做人要讲诚信、守规矩，还要忠党爱国，即使她离开了，大家还是要时刻铭记在心，别在关键时刻掉链子，同时不忘做一名顶天立地的好人。

等了约莫5秒钟，发现谢小桐不再言语后，周院长率先鼓掌。他一鼓掌，所有人也跟着鼓掌，掌声持续了很久，让谢小桐的尴尬癌都犯了。

"谢老师的演讲实在太精彩了！"周院长终于开口，掌声也停了下来，"这些都是她的人生智慧，大家要汲取其中精华，化为自己的内在力量，这才不辜负谢老师的一番苦心和谆谆教诲。"

谢小桐懵了，周院长曾说过要给她准备点儿什么，莫非就这？那也太……太……太惊悚了。

"谢老师，"周院长转头面向她，"妳还有什么要补充的？"

"补充？没有。"

"那好，祝妳一路顺风，有空常回来看看！"

当谢小桐拖着行李箱走出来时，所有孩子都围了上去。

"你们赶紧回去上课！"她说。

然而孩子们还是一路尾随，直到车子发动了并且拉开一段长距离才作罢。

"这里的孩子就是淳朴，"周院长边开车边说，"只要对他们好，心都能挖出来送人。"

"别说了，再说我要哭了。"

周院长看了一眼副驾驶座上的谢小桐，果然"山雨欲来"，于是转移话题。

"给。"周院长递过去一个信封。

"这是什么？"谢小桐问。

"给妳的惊喜。"

听说是惊喜，谢小桐立刻打开，发现里面躺着一张刮刮乐。

"妳可别瞧不起这张纸，"周院长说，"最大奖有100万元呢！"

"是不是每位离职员工都有一张刮刮乐？"

"哈！被拆穿了。"

"我以为你会直接给我一百万元现金。"

"妳要还是不要？"周院长假装怒了，"不要还我！"

"当然要，"谢小桐将刮刮乐放进自己的斜挎包内，"我能不能办游泳学校就靠它了。"

见谢小桐已经甩开阴霾，周院长问她有没有发现今天走的路不一样？

周院长不说，谢小桐还真没留意到方向不对，遂问："莫非前山道路修好了？"

"正是，是不是好多了？"

"嗯！非常丝滑。"

"事实上太丝滑了，我希望后方车辆别靠得太近，因为这可是下坡路啊！"

听周院长这么一答，谢小桐立即转过头去，发现尾随的是一辆黄色出租车。

"要不，让后车先走吧！你这车可不经撞。"谢小桐提议。

周院长认为有理，于是打开车窗，示意后车先行，结果出租车非但没超车，反而减速下来。

"奇怪，是我的手势不对吗？"周院长喃喃自语。

谢小桐又转头向后，方才她没看清楚司机的长相，现在距离拉开了，更不可能辨认。

"也好，现在两车至少保持了安全距离。"她说。

抵达火车站后，周院长匆匆交代几句便驾车离去，毕竟火车站前只允许短暂停车。

当谢小桐站在月台上百无聊赖地等车时，有人轻点一下她的左肩，她往左一看，没人，随即往右望去。

"钱还清了没？"那人问。

看见来人，谢小桐百感交集。

"怎么，成哑巴了？"那人又问。

"你怎么在这里？"她问。

"这句话应该由我问——妳怎么在这里？"

"你不是已经尾随了一路？怎么还问我？"她停顿了一下，"别否认，我看见你在黄色出租车内。"

谢小桐这么说是为了看雷骏的反应，她其实并没有看清楚出租车内坐着谁。

"妳的视力真好，离那么远也看得见。"

这个回答大大提升"雷骏就是成田骏"的机率，否则天地如此之大，雷骏为何会刚好出现在成田骏生长的山里？

这么一剖析，谢小桐怒火中烧，原来她被骗了这么许久。

"为什么跟踪我？还有，你到底姓雷还是姓成田？"她斥问。

"我姓成田，单名骏，很抱歉对妳撒了谎，至于跟踪……这不在我的计划内，我原本打算回大爱园，碰巧见妳上了车，遂一路跟过来。"

后半段的解释勉强能接受，但前半段根本就是打马虎眼，如果连真实姓名都能隐瞒，还有什么不能隐瞒？

当她抛出疑问时，雷骏……噢！不，是成田骏，成田骏仍顾左右而言他。见此人如此不开窍，谢小桐气得扭头，成田骏适时在她耳边低语。

"真的？"她睁大眼睛问。

"真的，不信妳看九点钟方向。"

谢小桐照做，果然看到一个穿黑衣的男人，样子贼头鼠脑的。

"现在怎么办？"谢小桐压低声音问。

"别慌，我们一同上火车，等车快开时再迅速跳车，如此一来就能摆脱。"

这是谢小桐第一次与卧底警察靠得如此之近，她感觉全身的血液都在沸腾。

"好，我听你的。"她说。

后来，事情果然如同成田骏所说的那样，他们成功摆脱了黑衣人，可是……

"我的火车开走了，我要怎么回家？"她问。

"这简单，坐下一班呗！我陪妳。"

于是他俩联袂走向售票窗口。

第三十二章 / 完整人生

在等车的同时，成田骏顺便把自己的"警察故事"编得更加完整。

"你好厉害啊！国家缉毒的功劳簿上应该有你的名字。"谢小桐有感而发。

"不，我是卧底的，不会有名字。"

"就算那样，你依然是伟大的。"

此时的谢小桐流露出崇拜的眼神，成田骏暗呼不妙，这不是他想要的。

"听着，我不是完人，为了让贩毒组织相信我是自己人，我曾做过很多伤天害理的事，所以千万别以为我是好人。"

"不，你就是好人，那些恶行不过是逢场作戏，你本人肯定也不愿做么做，所以别再贬低自己了。我现在担心的是毒枭下了全球追杀令，你要逃到什么时候？警方应该出面保护你才是。"

发现谢小桐完全相信自己编织的谎言，成田骏觉得可笑，忍了几秒后，还是破防了。

"你笑什么？"谢小桐问，表情明显不悦。

"我笑是因为在警察眼里我就是个罪犯，不抓我就万分感谢了，怎么可能保护我？"

在警匪片中，卧底警察或线人都会有个直属的接洽人，这些人常在关键时刻出面澄清，怎么到了成田骏这里就不一样了呢？

针对谢小桐的疑问，成田骏的回答是——他的直属长官因公殉职了，现已无人能证明他的清白。

听到这里，谢小桐心如刀割，英雄反成了罪犯，这还有天理吗？

"别难过，"谢小桐拍拍他的肩膀，"就算全世界都误解你，还有我呢！我会一直挺你，直到天荒地老。"

成田骏从小便被父母遗弃，加上个性不讨好，基本没什么朋友，如今谢小桐主动示好与站队，他有莫名的感动，很想永远保有这份信任和美好。

"谢谢！"他说，"有妳这样的朋友，我死而无憾。"

"快别说丧气话了！"谢小桐想了想，"你到处躲藏也不是办法，这样吧！你跟我回家去，过几日，我用我的身份证件替你租个房子。"

这个提议正中成田骏的下怀，他立即点头如捣蒜。

十几个小时后，下了火车的谢小桐果然带成田骏回家。面对女儿不打一声招呼就带回一个男人的突发状况，谢父和谢母的反应倒是很平静，既没有询问两人关系，也没做背景调查。

"雷先生，家里没有空房间，只能委屈你睡沙发。"谢小桐的父亲说。

为了掩人耳目，谢小桐介绍客人时仍使用曾经的假名——雷骏。

"没问题，能睡就好。"成田骏答。

"嘿！"谢小桐的母亲忽然来上一句，"有没有人说你长得像芥川龙之介？"

"芥川龙之介？"

"嗯！他是日本很有名的作家，代表作有《罗生门》、《鼻子》、《南京的基督》等。"

成田骏很少阅读，当然不可能听过这号人物。

"抱歉！我很少看书。"他答。

谢小桐的母亲不死心，回房取来一本书，其中一页是张黑白照。

"这就是芥川龙之介，"谢母向客人介绍，"旁边那位是他的夫人。"

闻言，谢小桐和父亲也探过头去，承认的确有几分相像。

既然这三人都说像，那肯定像啰！

"我能借读一下这本书吗？"成田骏问。

"当然，"谢小桐的母亲答，"书本来就是用来读的。"

当晚熄灯后，成田骏特意开了手机照明，照片上的夫妻也在盯着他瞧，如果……

这个"如果"当然不可能，光看照片的清晰度就知道双方起码隔了三代，但这不妨碍他把眼前的两人设想成自己的生父与生母。

以前，成田骏总无法拼凑出自己父母的模样，如今有了（父亲是才华横溢的作家，长得眉清目秀，母亲则有一张满月脸），他感觉自己的人生完整了。

成田骏满意地合上书，接着关了手机照明。黑暗中，他仿佛看到那对夫妻正向他招手，而他毫不犹豫地往前奔去……

第三十三章/好命的傻女人

谢小桐替成田骏在离她家约两公里处租了个房，月租金3000元，结果成田骏给了她五万元现金。

"你这是？"谢小桐不解地问。

"我没有银行账户，也没有下载第三方支付软件，身上只有现金，所以这钱妳收着，等用完再告诉我。"他答。

谢小桐想想也对，现在大毒枭正卯足劲儿地找成田骏算账，消费记录很可能会泄露他的行踪，于是安心地收下钱，压根儿就没往"一个没银行账户的人，钱是打哪儿来的？"的方向想去。

将五万块存进自己的银行账户，又设置了每月自动支付（房租）功能后，谢小桐接着在同一柜台办理创业贷款，因为游泳学校需要启动资金，加上周院长给的刮刮乐并没有刮中大奖（连小奖也无），这不是她那可怜的存款能应付得了的。

"妳先看看自己是不是属于这十类人？"银行柜员说完，递过来一张纸。

谢小桐一看，上面罗列了可办理创业贷款的十类人，分别为城镇登记失业人员、就业困难人员（含残疾人）、退役军人、刑满释放人员、高校毕业生（含大学生村官和留学回国学生）、化解过剩产能企业职工和失业人员、返乡创业农民工、网络商户、脱贫人口、农村自主创业农民等。

"不是。"谢小桐肯定地答。

"那就只能办理个人贷款了。"银行柜员递过来另一张纸，"上面有还款方式，妳可以选择固定利率还是浮动利率。"

谢小桐很想问固定利率和浮动利率的差别，但又怕对方解释了，自己依然听不懂（这是极可能发生的事，因为她的数学理解能力还停留在小学生级别）。

"嗯……我想我还是回去考虑一下，下回再办理吧！"她答。

当谢小桐走出银行时，恰巧与成田骏碰个正着。

"咦！你怎么在这里？"谢小桐问。

"我出来采购日用品，妳怎么也在这儿？"

谢小桐遂将办理贷款一事说出，还问他懂不懂固定利率和浮动利率？

"别管这个，肯定都不划算。妳想银行为什么要借妳钱？还不是看上妳支付的利息，所以这利息还会少吗？"

"那怎么办？"

成田骏想了想，自己的"账户"里还有260枚比特币，市值超过一亿，现在佳人有难，何不江湖救急？

"别担心，上天自有安排。"他说。

成田骏的说法在谢小桐听来不过是安慰而已，根本无法解决她的困境。

后来，谢小桐陪成田骏去采买日用品，买完两人便分道扬镳。

告别后的谢小桐跑去找舅舅，在她眼里，舅舅对钱敏感，一定能解答她的疑惑，然而......

"何必向银行借钱？我给就是了。"她舅舅答。

"不不不，我只想知道固定利率和浮动利率的区别。"

于是她舅舅做了解释（用的是最浅显易懂的方式），末了还给出建议——如果希望稳定点儿，那就选择固定利率。

谢小桐思考了一下，这是她第一次创业，还是稳扎稳打为妥。

"好，那就用固定利率。"她宣布。

"小桐，妳到底想借多少钱？"她舅舅好奇一问。

当听到30万时，这个男人简直不敢相信自己的耳朵（就这么点儿钱，至于向银行借吗？）。

"妳爸是不是失业了？"她舅舅又问。

"没失业，还在学校教书，你问这个干嘛？"

她舅舅听完，不禁失笑，是呀！他问这个干嘛？难道那名穷酸教书匠的口袋里还能搜刮出30万来？

"没什么，妳妈好吗？"他开启另一个话题。

"很好，依旧被我和我爸伺候得四体不勤、五谷不分。"

"呵！好命的傻女人。"

此评价一出，谢小桐呆了三秒钟，是呀！虽然她母亲的智力没问题，但做出的决定却往往令人捉急，说她傻不是没道理，但怪就怪在总有人为她的不按理出牌买单，这不是好命是什么？

"哎！好命的傻女人可不是人人都当得了。"谢小桐有感而发，"我走了，还得为我的创业之路奔波劳碌呢！"

一连几天，谢小桐咨询了多家银行，终于找到还款条件最佳的那一个，可是当她等待办理时，成田骏却打来电话，要她速速赶到他家。

"好，等我办完贷款就过去。"她答。

"不，妳现在就过来，因……因为……我……我流血了。"

听说成田骏流血了，谢小桐放下一切，火速赶去救人。

第三十四章/天使投资人

由于成田骏被警方通缉在案，他的国内银行账户自然也被冻结，不得已，他只能在比特币双向ATM机上取款，然而这种机子并不是每个国家都有，双向（能买又能卖）的更少，所以一旦能取款，他总未雨绸缪地取很多，可是这也带来安全隐患，于是在留下日常所需的钱款后，其余皆拿来买裸钻（之所以买裸钻乃因体积小，方便携带，好比昨天他才卖掉一颗5克拉的高品质裸钻，得款118万元）。

当谢小桐慌慌张张地前来敲门时，成田骏已做好准备。

"哪里流血了？"她上下左右查看，"哪里？快说呀！"

成田骏遂伸出右手食指，上面糊上了一片创可贴。

"就这？"谢小桐难以置信，"你耍我？"

"没耍妳，我是真流血了，不信我撕开创可贴给妳看。"

"算了算了，我才没兴趣看。"她停顿了一下，"我走了，正忙着呢！"

"别走！"成田骏抓住她的手臂，但随即放开，"有没有听过天使投资人？"

谢小桐听过天使，也听过投资人，就是没听过天使投资人，于是成田骏解释给她听。

"你的意思是只要天使投资人听过我的方案，觉得可行便投钱？"她问。

看成田骏点头，她又问天使投资人抽多少？

"什么都不抽，纯给钱，这就是天使投资人之所以被冠上'天使'二字的原因，因为心善呀！"

"真的一点儿也不抽？"

"真的，但首先妳得准备好如何说服对方给妳投钱。"

谢小桐不认为那是最困难的部分，最困难的部分应该是到哪里找这样的"天使"？

成田骏听完，要她别担心，明天他就带她去见天使投资人。

"你怎么会认识天使投资人？"她问。

"当然是通过别人介绍，放心，明天我陪妳去，不会有任何问题。"

次日，他俩果然在咖啡店与天使投资人见上面，对方是位大腹便便的中年男士，戴着金戒指和金项链，整个人看起来金光闪闪。

"谢小姐，请谈谈妳的方案。"对方说。

于是谢小桐把准备了一夜的说稿"背"出来。

"现在我清楚妳的方案了，没问题，我会给妳的游泳学校投钱，就投一百万元。"

"一百万？"谢小桐扬起声，"可是我的方案只需30万。"

"那妳就多雇几名员工，花钱还不会吗？呵呵！"

谢小桐还想说什么，但成田骏对她使了个眼色，她便把话吞了下去。

"朱先生，既然谈好了，您何时打款？"成田骏代谢小桐问最关键的问题。

"明天，明天就给。"土豪哥答。

事情顺利得超乎想象，但目送"天使"步出咖啡店后，谢小桐还是忍不住提出质疑。

"这有什么好怀疑的？反正妳没有任何损失，不是吗？"成田骏问。

"是没有损失，但钱来得太容易，我总感觉哪里怪怪的。"她答。

"这样好了，如果那人明天给钱，代表没问题；倘若没给，妳再烦恼也不迟。"

谢小桐想想有理，遂不再发愁。

隔天，成田骏一通电话要谢小桐速速赶到他家。

"你该不会又流血了吧？"她问。

"那倒没有，妳来就是。"

当谢小桐赶到成田骏的租处时，看到的是塞满两个行李箱的纸钞。

"这么多？我以为天使投资人会把钱汇到我卡里。"她说。

"是……是挺奇怪的，不过钱到位了就行，我们现在到银行把钱存上吧！"成田骏说。

谢小桐无异议，两人合力将行李箱合上，接着走出屋外。

第三十五章/起风了

谢小桐本来的计划是租用一个游泳场地，再雇几名教练，现在手里一下子多出很多钱，她反倒迷失了。

"小桐，妳是不是有什么心事？"她父亲看出了不寻常，遂问。

"嗯！有人给我的游泳学校投钱，还是很大一笔，我不知道该怎么使用才不会令投资人失望。"她答。

"妳不是已经计划好了？就照计划进行呗！"

"可是原计划用不了那么多钱。"

"那就多办几家，我想投资人也会乐见其成。"

谢小桐的父亲并不清楚所谓的投资人是成田骏雇来的临时演员，还有，成田骏的用意是帮谢小桐完成梦想，并不希望她因此变得更加忙碌，所以当得知游泳学校从1家变成3家时，立马投反对票。

"本来的计划是花30万元办一家，现在天使投资人给了我100万，办3家差不多。"她解释。

"可是那人也没硬性规定妳一定得办3家，把钱用在自己的身上不好吗？譬如买些新衣裳或到处旅游去。"

谢小桐很讶异成田骏竟有如此匪夷所思的想法，人家投钱给她就是信任她，怎么可以假公济私？

成田骏一听，暗呼不妙，问她是不是打算当义工？

"那倒也没有。"谢小桐答，"我准备给自己开一万块钱的工资，如果运营情况良好，在扣除所有的开支后，盈余部分便捐给慈善机构，也算不负天使投资人的厚望。"

成田骏很早就出外打工，看尽了世间冷暖，那些为钱撕破脸，甚至大打出手的例子所在多有，从未遇见过视金钱如粪土的人，谢小桐算是第一个。

"咳咳、"他咳嗽两声，"很好，很好，如果妳的游泳学校需要人，算我一个。"

"那太好了，我就缺个助理，你来了正好，我给你3000元工资，你看行吗？"

成田骏已有亿元身家（虽然钱来得不光彩），3000元工资根本不入他的眼，但他还是很开心地接下这份"低薪"工作。

接下来的日子里，这两人为游泳学校的成立夙兴夜寐，包括找场地、雇教练、购设备、发广告等，忙得晕头转向。兴许天道酬勤，游泳学校终于在两个月后陆续开张，学员人数肉眼可见地增长起来。

"成田骏，暑假快到了，我想将游泳场地的每日租用时间拉长，可是租借方不同意。"谢小桐说。

"没问题，我去解决。"

"还有，"谢小桐又说，"我们是不是该办个游泳比赛？一方面帮学校打广告，另一方面也给学员和教练一个努力的方向。"

"好，我来筹划。"

"成田骏，你……"

"什么？"

名义上，成田骏是谢小桐的助理，但做的事可多了，仿佛只要谢小桐动动嘴，他便负责让它实现。

"有没有人说你是个好人？"谢小桐问。

"没有，事实上我是个坏人。"

这个回答让谢小桐忆起他的身份——曾埋伏在贩毒集团里的卧底警察。

"我不许你这么说自己，即使全世界都认为你是坏人，我依然认为你是好人，无可救药的好。"

"错了，我的好只针对妳。"

"你……"谢小桐红了脸，"你什么意思？"

"我喜欢妳，妳……喜欢我吗？"

在长时间的如影随形下，这两人不仅有了革命情谊，还滋生了不一样的情愫，本以为这层窗户纸可以维持得久一点儿，孰料今日被成田骏给捅破了。

"我不知道。"谢小桐低下头去，"能不能别说这个？"

"好，不说了。"

虽然他俩不再聊这个敏感话题，但谢小桐的心防逐渐放下却是不争的事实，好比她不介意两人共用一个杯子，称呼也从成田骏变成了骏，而他则喊她桐桐。

这一天，成田骏告诉谢小桐中国刑法上有法律追诉期，最长为20年，意思是任何犯罪行为只要拖过20年，就算逮着了也不会被判刑。

"你为什么要告诉我这个？"谢小桐问。

"如果有一天……我希望自己能拖过20年。"

成田骏指的当然是自己曾做过的不法勾当，谢小桐遂安慰他一定能很快洗雪冤屈，不需要等那么久。

"如果……我是说如果，如果真到了那个地步，妳会等我吗？"他问。

谢小桐今年20岁，再过20年便是40岁，那个年纪已经很老了。

"可能……会吧？！"她答。

"那我们勾勾手。"

虽然觉得幼稚，但谢小桐还是与成田骏勾了勾手指头。

"即使到时候妳已经结婚了，我还是希望能见上一面。"成田骏一本正经地说。

"好，你说在哪里见？"

"有一部日本动画电影叫《起风了》，答案就在电影里。"

谢小桐觉得好笑，直接宣布答案不好吗？何必故弄玄虚？

成田骏答不好，因为直接宣布答案仿佛预告他俩真的得分开那么久，而他并不希望见到这个结局……

谈话过后，谢小桐还真的上网查找，无奈内容犯忌，《起风了》这部动画电影并没有在中国上映，她一忙，也就将此事淡忘了。

第三十六章/断了线的风筝

当游泳学校举办的第一届游泳比赛结束后，成田骏觑了个空表示自己即将有远行。

"远行？去哪儿？"谢小桐问。

"去哪儿不重要，我已经待在这儿近一年了，很怕毒枭会找上门来。"

"那你还回来不？"

一句话把成田骏给问倒了，他当然想待在谢小桐身边，然而实际情况却不允许他儿女情长。

"回，当然回。"他答，"这房子妳帮我留着，即使房东涨价也无所谓，回头我给妳多留点儿钱。"

然而正因为成田骏留下的钱不止"一点儿"，让谢小桐有了不祥的预感。

"你会给我打电话吗？"她问。

"会。"

"很远也打吗？"

"打。"

"南极也打吗？"

成田骏听了想笑，但还是给予肯定的答复。

"我不信。"她说。

于是成田骏给她一个吻，嘴对嘴，没想到却得到谢小桐的热情回应，两人激情拥吻了一分多钟。

"现在妳相信了吗？"他问。

"嗯！相信了。"谢小桐羞涩地答。

原以为已经"一吻定终身"，岂料成田骏这一走就是大半年，期间一通电话也无，像断了线的风筝……

第三十七章/无声的呐喊

谢小桐又雇了个助理，但这个助理不像成田骏那样事必躬亲，反而斤斤计较，每当这时候，她就格外想念那个毫无音讯的人儿，不知他现在在哪里？过得可好？有没有想她？……

"小桐，妳妈问妳话，妳怎么不回答？"她父亲问。

谢小桐从混沌中惊醒，问她妈有什么事？

"也没什么，我忽然想起那个长得像芥川龙之介的男人，所以顺便问问他的去向。"谢母答。

"噢！他……他出国了。"

"出国了？去了哪里？还会回来吗？"

谢小桐不知道他去了哪里，也不晓得他会不会回来，但话到嘴边却成了——他去了日本，很快就会回国。

现在换谢父感到好奇，问此人为什么去日本？

"因为成田骏是日本人，他只是出生在中国，不代表血液里流淌的是中国人的血脉。"她解释。

"成田骏是谁？"谢母突然来上一句。

谢小桐被当头一棒，怎么自己说过的话会忘了？

"我的意思是……是雷骏，呵呵！想的和嘴里说的不一致，我大概中暑了。"

谢母听完不吱一声，仿佛这两个名字与她一点儿干系也无，但谢父就不一样了，他投来凌厉的眼神，谢小桐不由自主地低下头去。

饭后，谢母照旧回房看小说去，很好意思地把善后工作留给已在外奔波一整天的女儿。

当谢小桐忙着收拾碗筷时，她父亲喊她进书房。

"能不能让我先把碗给洗了？"她问。

"可以。"她父亲答，"趁洗碗的工夫，妳顺便把事情理清楚。"

从小到大，谢小桐的父亲就教导她诚实的可贵与重要性，她也做到了，但成田骏这件事例外，她是迫不得已才说谎。

由于不知该如何面对接下来即将发生的事，本来半小时就能完成的工作，谢小桐硬是洗了1个多小时，若不是她父亲过来喊人，她恐怕连抽油烟机的油网也一并拆下来清洗。

"说，怎么回事？"她父亲问。

"他叫成田骏，不是雷骏。"谢小桐深吸一口气，"我不是故意说谎，而是不得已而为之，因为他是卧底警察，被毒枭下了追杀令，如果道出真实姓名很容易引来杀身之祸，只能以假名替代。"

现在换谢父深吸一口气，从紧皱的眉头看，应该是感觉事情大条了。

"怎么了？"谢小桐小心地问。

她父亲答如果真是那样，东躲西藏也不是办法，应该由警方出面保护才是。

"他也想啊！可是他的直属长官因公殉职了，现在无人知道他的真实身份，更糟的是官方纪录上他就是贩毒团伙中的一员，除了隐姓埋名和到处躲藏外，他已无路可走。"

"这么长期漂泊，他是如何解决民生问题的？"

谢小桐被她父亲的一席话给问住了，是呀！成田骏没有银行账户，可是却从未缺钱过，相反的，他花钱相当随意，甚至不看价格，这又该如何解释？

"有关这部分，我也不是很了解。"她答。

"也许妳该问个清楚。"

"怎么问？"她忽然情绪激动，"人已经出国大半年，没有来过一次电话，也没有只字片语，更没有社交账号能联系，我要怎么问清楚？"

面对女儿的骤然失控，谢父很是担忧。

"小桐，妳该不会……该不会……"

"该不会什么？"她反问，接着灵光乍现，"没有，我没有爱上他，我只是生气他不守信用，说好打电话给我却食言了。"

"就这样？"

"就这样。"

她父亲拍拍她的肩膀，两人的对话到此结束。

回房的谢小桐仍心神不宁，本来她已经决定向父亲坦白，没想到最后关头还是说了谎（在分开的日子里，谢小桐无时无刻不想念成田骏，很明显，这已超越朋友关系）。

"骏，你到底在哪里？为什么要如此折磨我？"她无声呐喊着。

可惜回复她的却是一室的寂静。

第三十八章/久别重逢

眼瞅着十一长假就要来临，谢小桐打算带父母出国玩几天，连机票都买好了，可是一个突发事件却让旅游计划生变。

"小桐，妳就让我和妳妈独自飞日本？"谢父问。

"对不起，我也不愿那样，但我必须搞清楚一件事。"她答。

"什么事？"

谢小桐天人交战一番后，还是撒了谎。

"投资人忽然撤资的确很棘手，我能帮上什么忙吗？"她父亲又问。

"不需要，我自己能解决。"

于是假期的第一天，谢父和谢母飞往京都赏枫去，谢小桐则只身南下，只因她收到一张巴厘岛情人崖的风景明信片，背面虽只有收件人和收件地址，其他信息全无，但谢小桐就是认定寄件人必是成田骏（由于被人盯上，他只能以这种隐晦的方式来透露自己的行踪）。

经过14个小时的飞行（期间中转了一站），谢小桐终于抵达巴厘岛，再经2小时的打车，来到情人崖时已近黄昏。当她看着橙红色的太阳徐徐落下时，心情也跟着down到谷底，因为成田骏并没有在他们初次见面的临崖酒吧等她，是她会错意了。

"您还要再来一瓶啤酒吗？"服务员问她。

"不用了，我待会儿就走。"她答。

然而才过了一会儿，服务员竟给她送来一瓶啤酒，说是老板送的。

谢小桐转过头去，发现是一名陌生人后，怎么也不肯收下，老板只好亲自过来，说："看来妳不愿在此等候，需不需要我替妳叫车？"

"不需要，如果要走，我自己会叫车。"她答。

"妳知道地址？"

这么无厘头的一句问话反倒让谢小桐心跳加速，莫非……

"你是不是认识成田骏？"她问。

"我不认识Chengtian Jun，让我留住妳的人叫Horse，已经在赶来的路上。"

骏是马（Horse)的意思，这岂不是板上钉钉？

"好，我等。"谢小桐收下啤酒，"请另外再给我一盘玉米饼。"

等待的时间特别难熬，仿佛上帝按下了放慢键，但另一方面，谢小桐又不免希望时间能拖得久一点儿，因为没有消息就是好消息，她怕等来的不是她朝思暮想的人儿……

"桐……桐。"

听到熟悉的声音，谢小桐有想哭的冲动，但还是忍了下来。

"桐桐。"这次的声音坚定许多。

"我听见了。"她冷漠地答，"你坐还是不坐？"

成田骏落座后，那瘦削的脸庞和干瘪的身躯让她忍不住破防了。

"你就这么虐人又虐己？"她的委屈一涌而上，"我就算被你欺负了，也没像你这副半死不活的样子。"

"不好意思，本来不想再给妳添麻烦，但没忍住，很抱歉让妳看到我糟糕的样子。"

的确糟糕，谢小桐感觉他就像个病人似的。

"你是不是生病了？"她问。

"如果思人会生病，那算是了。"

听到这个回答，谢小桐其实已经打从心裡原谅他了，但仍嘴硬，表示自己不信。

"不信没关系，那就信算命师说的——我上辈子作恶太多，所以这辈子注定要活受罪。"

"胡说！你不该听信江湖术士的话。"

"可是……"

"没有可是，你再说，我生气了。"

成田骏不想让谢小桐生气，所以闭口不再提令人丧气的话题。

"想吃点儿东西吗？"她问，毕竟眼前人瘦骨如柴，看起来很需要进食。

"想，但……我更想吃白菜炖粉条。"

酒吧里肯定没这道菜，谢小桐遂问家里可有白菜和粉条？成田骏答没有，但可以让外卖员送。

"那还等什么？"她站起身来，"我们回家去，我煮给你吃。"

第三十九章／火山边的小屋

谢小桐原以为成田骏住在乌鲁瓦图附近，也就是情人崖的所在区域，岂料中间隔了大半个巴厘岛。

"你怎么不住回原来的竹屋？"她问。

"老住同样的地方多没意思，再说，也不安全。"

成田骏不提，谢小桐还真忘了他的卧底身份。

"毒枭还是没放过你？"她又问。

"怎么可能放过？就算此时此刻开车，我也不敢有丝毫放松，因为一个不小心，很可能小命不保。"

"你……"

"什么？"

谢小桐考虑再三，最后还是决定问个明白。

"你怎么解决民生问题？按你说的，你被黑道追杀，又成了白道弃子，等于掐断了收入来源。"

"那个……我……我黑了毒枭一笔钱，所以……"

听到这个解释，谢小桐豁然开朗，难怪毒枭会死咬着不放，现在一切都说得通了。

由于谢小桐忽然不吱声，成田骏感觉不妙，小心翼翼地问她是不是因此看轻他了？

"怎么会？"她答，"卧底警察也是人，也要吃饭，反正一旦水落石出，你一定会把黑来的钱交还给国家，对吧？"

成田骏心头一紧，世上怎会有如此单纯的女孩？

"咳咳，"他咳嗽两声，"如果有机会，当然会上缴。"

他们又谈了一些琐事，由于谢小桐一整天都在路上奔波，很快便精神不济，当她再次睁眼时，车子已然停下，四周一片漆黑。

"这是哪里？"她揉揉睡眼问。

"Kintamani。"成田骏拔了车钥匙，"我们得往下走一段路才能到家。"

谢小桐不知道Kintamani在哪里，但肯定是有一定高度，否则成田骏不会用"往下走"这三个字来形容。

后来，谢小桐跟随成田骏"下山"，然而越走越觉得"似曾相识"（竹屋不也藏在深谷里？），可见成田骏的反侦察能力很强，一般人是不会如此处心积虑。

"什么味道？"谢小桐捂住鼻子，因为气味越来越浓烈，"跟发臭的鸡蛋一个味儿。"

"没办法，靠近火山就有这味。"

谢小桐很惊诧，哪里不好住，怎么就住在火山边？

成田骏听完哈哈大笑，他说他本来想找个靠近化粪池的地，可惜没找着。

"真的？我还以为没人想住在那样的地方。"谢小桐一本正经地答。

成田骏无语了，这么明显的玩笑话怎么就没听出来？

"妳是不是相信我说的每句话？"他问。

"当然，只要认定一个人，我从里到外都相信，所以当你答应打电话给我却食言了，我特别不开心。"

听到这个回答，成田骏仿佛被打了两耳光，除了"他喜欢她"这件事不假外，其他大多是谎言，而且还在无限繁衍中，因为一个谎言要用更多的谎言来掩饰。

"我也想打，但……"

"别说了，我相信你。"

"我还没说完呢！"

"不论答案是什么，我都相信你不是故意不打给我。"她停顿了一下，"对吧？"

实情恰恰相反，成田骏的确故意不打给她，理由是逃亡中的人并不适合儿女情长，但最后还是没能熬过思念。如今谢小桐带着肯定的语气问，他当然不能否认。

"嗯！"他答。

"那就好。"

看着谢小桐清亮的眼睛，成田骏好希望自己不曾失足过，那么现在就不用如此割裂了……

"慢点儿，有台阶。"成田骏提醒谢小桐，同时很绅士地伸出手。

谢小桐也不扭捏，两人相扶着进屋去。

眼下是一栋工业风色彩浓厚的小屋，具"水泥墙、原木搭配、金属应用、保留旧物"等特点，共上下两层，厨房和卫浴在下，卧室和客厅在上。

"咦！有壁炉。"谢小桐一上楼就被吸引住，"真的假的？"

"是真的，这里海拔比较高，早晚会冷。"

谢小桐环顾四周，发现只有一张床后，心中有些不安。

"我们下楼吧！"她说，"我煮……糟了！这时外卖员还会送菜吗？"

"当然不会。"

"那怎么办？"

"吃方便面吧！我来煮。"

这是谢小桐第一次吃印尼方便面，据成田骏说，他煮的这款位居"全球十大最好吃的方便面"之首，所以她还挺期待的。

"怎么样，好吃吗？"他问。

"……嗯！"

"不好吃就说不好吃。"

"我没说不好吃，而是……这泡面有咖喱味、辣味、甜味和酸味，我没吃过这种面。"

成田骏听了莞尔，谢小桐问他笑什么？

"只有不喜欢才会解释这么多。"他答。

现在换谢小桐莞尔，是呀！她的确不好这一口，但为了不泼对方冷水，所以努力营造"自己也能接受"的假象。

"没办法，我实在不会说谎。"她说。

154

"不会说谎代表妳处的环境不复杂，这是好事，哪像……"

"哪像什么？"

成田骏摇摇头，不置一语。

吃完泡面，两人相继洗了澡，接着就是上床时间。

"妳想睡左边还是右边？"成田骏问。

"男左女右吧！"她停顿了一下，"我们能不能只睡觉？"

"当然，床就是用来睡的。"

"我的意思是……"

"我知道，除非妳愿意，否则我不会逾雷池半步。"

谢小桐笑了，两人联袂上床。

第四十章/共赴巫山

"只睡觉"是谢小桐说的，但或许早些时候在车上补眠过，如今又身处陌生环境，她的眼睛瞪得比铜铃还大。

"怎么还不睡？"成田骏问枕边人。

"睡不着，你给我说床前故事吧！"

成田骏从小到大的梦想就是有一天亲生父母会找来，父亲教他打乒乓球，母亲则给他说床前故事。

"抱歉！我从小嘴笨，也不爱读书，如果让我说故事，妳恐怕整晚都睡不着。"

谢小桐想了想，既然这样，那就反着来，由她讲给他听，兴许讲着讲着自己就累了，也能顺利走入梦乡。

"妳真的愿意讲故事给我听？"成田骏兴奋问道。

"当然是真的，这有什么难的？"她答。

谢小桐讲的第一个故事是《白雪公主》，第二个故事是《睡美人》，第三个故事是《美人鱼》。

"怎么都是女的当主角？"成田骏问。

"你想听男的？"谢小桐思索了一下，"那我讲《木偶奇遇记》好了。"

故事讲完后，成田骏问是不是只要不再说谎，便是勇敢、诚实和无私的表现，就像后来成为人类的匹诺曹一样？

"当然。"她答，"不是有句话叫'放下屠刀，立地成佛'吗？"

成田骏顿时陷入纠结——自己该不该此时此刻就向谢小桐坦白？

正当他犹豫不决时，谢小桐忽然从床上跳起，惊恐万分地喊道："蜘蛛！好大一只。"

成田骏定眼一看，原来是他的"室友"。

"别怕，这种蜘蛛不结网、无毒，吃的是蟑螂、苍蝇、蛾等，是益虫。"

"可是……我还是怕。"

既然佳人害怕，成田骏只好拿出自制的驱虫水（果醋和洗碗精的混合物），不一会儿的工夫，蜘蛛便从故意开着的窗户逃了出去。

"好了，"成田骏关上窗户，"妳现在可以高枕无忧了。"

经过方才的一惊一乍，谢小桐感觉自己是真累了，她重新上床。

"我们只是睡觉。"成田骏替自己和谢小桐盖上被子后宣布。

"你为什么要强调这个？"她问。

"我没有强调，只是陈述事实。"

"你就那么自信？"

"不然呢？妳想为爱鼓掌吗？"

谢小桐既好气又好笑，猛地一翻身，来个不理睬，哪知成田骏从后拥紧她，问她要不要？

"不要。"她答。

"我数到三，不要我就走了，一、二、二点五。"

听到这个，谢小桐忍俊不禁，哈哈大笑起来。

"二点五一、二点五二……"

"讨厌！"谢小桐转身捶打他，"哪有这么问女生的？"

"妳的意思是不用问，直接上？"

见谢小桐不言语，成田骏明白了，两人携手共赴巫山……

第四十一章 / 也许这就是爱

次日醒来，谢小桐赤足走向露台。

"不冷吗？"成田骏为她披上一件薄外套，"小心感冒。"

谢小桐没回答，反而问起眼前的大山怎么黑黑的？

成田骏答那是火山熔岩造成的，每当火山爆发时，被岩浆包裹的岩石也会一并喷出，经冷固后就成这样了。

"原来是火山啊！"谢小桐恍然大悟，"怎么黑色的山看起来一点儿也不污浊，反而很像中国的水墨画，予人宁静的感觉。"

"没错，"成田骏搂了搂她的肩，"这也是我选择在这里居住的原因，为的就是忘记尘世间的喧嚣与烦恼。"

"怎么办？我也好想住在这里。"

"为什么不？"

"因为我的游泳学校……"

谢小桐话还未答完，成田骏便给她支招——请个助理，身为老板的她只需远程操控。

"我已经有助理了，但她不像你，不仅斤斤计较，也不会主动揽活儿干，我不敢把学校交给她。"谢小桐说。

"那没问题，事情就交给我处理。"

谢小桐很好奇成田骏要如何处理，但依据过往经验，他总有办法解决，只是横在面前的阻碍不止这一件......

"我还没告诉父母我要待在这里，总不能无缘无故就人间蒸发了吧？！"她补上两句。

这次成田骏没了方才的从容，可见他也觉得这是一道棘手问题。

"没关系，"谢小桐体贴地说，"我还有五天假期，你可以好好想一想。"

在这五天里，他俩偶尔会到村里的集市逛逛，顺便采买食材或日用品，不过更多时候是让小贩送货到家，好留出时间在屋里没羞没臊地"亲亲、抱抱、举高高"，仿佛要把所有的精力都在这五天里发泄完毕。

到了假期的最后一天，谢小桐问他想出办法没？

成田骏边拨弄她的发边说："我看妳还是回去吧！游泳学校没妳也许还能运转，但妳父母那边就不好交代了。"

"有什么不好交代？我们可以公开我们的关系啊！"

"算了，没有哪对父母会把女儿交到亡命之徒的手中。"

谢小桐心头一颤，这可是分手的预告？

成田骏马上否认，同时强调只要他恢复自由身，一切都会不一样。

"那要等到什么时候？"谢小桐很是气馁，"万一无法澄清，是不是意味着我们要一直偷偷摸摸下去？"

"如果……那也是没办法的事。"

听到这么不负责任的话，谢小桐瞬间来了脾气，表示既然结局无法确定，那就没必要再继续，她现在就走！

"别孩子气了，妳搭的是明天的班机，这时候走，今晚要睡哪儿？"成田骏说。

"总有办法的。"她跳下床，"就算睡在机场的地板上，也好过面对一个无情的男人。"

谢小桐说错了，不是成田骏无情，而是他太多情了，害怕拉心上人一同坠入深渊，而这恰恰是情真意切的表现。

"我不拦妳，"他答，"但从这儿叫不到车，就让我这个无情的男人送妳一程吧！"

想到连生气都这么窝囊，谢小桐忍不住嚎啕大哭起来。

"别哭，"成田骏伸出手又收回，"我帮妳一同收拾行李吧！"

原来男人变起心来，十匹马都拉不回，现在谢小桐也只能懊悔自己看走了眼。

"你走开！"她推他一把，"别动我的东西。"

就在一通海塞下，谢小桐不到五分钟便收拾完毕，接着头也不回地离开，连再见都没说。

等了约莫一刻钟，成田骏也出门，他静静跟在谢小桐身后，直至她拦下一辆Bemo为止。

Bemo是巴厘岛的公共交通工具，既没有空调，车厢还窄小闷热，不过因"招手就停且价格便宜"之故，颇受偏远地区居民的欢迎，。

在确定谢小桐上了Bemo后，成田骏赶紧回家开车跟上，因为担心这个女人不懂得换乘，迷失在沃野田畴中。

此时上了Bemo的谢小桐也不好过，心情仿佛坐过山车，当成田骏转身离开时，她好似失了魂魄，等那辆熟悉的轿车忽然落入眼底时，她又忍不住热泪盈眶。

"@%#¥*&……" 开Bemo的司机忽然停下车，同时大声嚷嚷起来。

谢小桐不明所以，只能跟着同车人一起下车，然后眼睁睁看着那辆破车消失在黑夜里……

"叭叭。"

谢小桐知道是谁在按喇叭，但故意不回头，成田骏只好向她喊话："我载妳去机场，再不走，这里很快会有野兽出没。"

听到这个，恰好给了谢小桐台阶下，她可不愿成为野兽的腹中餐。

"我会付你车资的。"她一上车就说。

"随便妳。"他答。

一路上，他俩都不说话，但实际上又好像说了不少话，只不过都是内心独白。

"骏，你就不能挽留我吗？只要你开口，我愿意与你比翼双飞。"这是谢小桐说的。

"桐桐，我自己都朝不保夕，如何留人？妳应该离我远远的，这才是明智之举。"这是成田骏说的。

抵达目的地后，成田骏不忘提醒谢小桐——机场二楼有胶囊酒店，小是小了点儿，但比睡冰凉的排椅舒服。

"知道了，我该付你多少车资？"谢小桐冷冷地问。

"妳不付也行。"

谢小桐哪肯（这是她目前维持尊严的唯一方式），硬塞给成田骏一沓纸钞才下车。

等她从后车厢取好行李，成田骏忽然按下车窗对她说："喂！妳过来一下。"

谢小桐不甘情愿地走过去。

"听我一句劝，下次别再背假包了，挺丢脸的。"他说。

"这哪是假包？"她气愤地将包递到成田骏面前，"你好好看着，这是杂牌包，连个logo也没有。"

"别杠了，logo在包的夹层里。"

较真的谢小桐立即拉开拉链自证清白，哪晓得成田骏以迅雷不及掩耳的速度将钱塞进敞开的包里，接着脚踩油门，扬长而去。

"搞什么？"谢小桐啐道，"没看过这么幼稚的人！"

话是这么说，可是谢小桐就是恨不起来，也许……也许这就是爱吧？！

第四十二章/宁韦

日子又回到原来的轨迹，谢小桐忙着经营游泳学校，而那个男人照旧失去踪影，没有电话、没有只字片语，更没有社交账号可联系……

"小桐，妳多久没见舅舅了？他说他还得从地方新闻上得知妳的消息。"谢小桐的母亲说。

"也没多久，"她边吃饭边思考，"大概小半年吧！"

"咱们两家离得不远，妳吃完饭何不过去看看？"她母亲继续说。

"好，下午就过去。"

谢小桐的游泳学校越来越受欢迎，连地方电视台都前去采访，她舅舅说得从地方新闻上得知外甥女的消息，一点儿也不夸张。

回到办公室的谢小桐在看过上个月的收支报表，又帮几位杰出学员报名参加市队选拔后，这才驱车前往舅舅家。

小半年没见，舅舅家看起来既熟悉又陌生，熟悉是因为屋子仍是那个屋子，陌生是因为停车位上多了辆五菱宏光，与旁边的保时捷卡宴和宾利飞驰格格不入。

"小桐，妳来了。"她舅舅从屋內走出来迎接，身上难得穿着正装，"怎么还带东西？"

"你不是挺喜欢吃甜甜圈？我特意买了巧克力夹心和海盐焦糖口味的。"她答。

"快进来，有客人呢！"

谢小桐心头一颤，谁会来拜访舅舅？莫非是那辆五菱宏光的车主？

怀着疑虑，谢小桐踏进屋内，一个有着一双剑眉的精瘦男人立即站起身来。

舅舅随即介绍初次见面的两位认识，谢小桐这才知道对方是电信侦查大队的警官，名叫宁韦。

"我是不是来得不是时候？"谢小桐问。

"不，是我该走了。"宁警官转向屋主，"谢谢配合，有需要我会再联系你。"

宁警官一走，谢小桐立即问舅舅是不是摊上麻烦了？

"也是也不是，有人拿我的照片当盘哥，所以警察上门了解情况。"

"什么是盘哥？"

"就是杀猪盘的男主角，呵呵！妳说这年头的女人是不是审美出了问题？怎么会看上我呢？"

（注：杀猪盘又称浪漫骗局，乃指电信诈骗团伙以交友、婚恋等为幌子，骗取受害人的感情和钱财。）

谢小桐的舅舅的确与美男相差甚远，但这年头的女人看的可不止是皮相而已，男人身上的钱味也很重要。

"那代表舅舅在婚恋市场上还是很有优势的，你何不试试？"

"试什么？"

"试着与女性交往。"

"算了，"她舅舅摆摆手，"女人就是trouble，我还想多活几年呢！"

如果说谢小桐的舅舅爱男不爱女，那还勉强说得通，偏偏这么多年过去了，他硬是一个绯闻也没有，看来这世上就有人适合单过，强求不来。

"妳呢？"她舅舅接着问。

"我什么？"

"试着与男性交往。"

"算了，"她摆摆手，"男人就是trouble，我还想多活几年呢！"

话一答完，两人相视而笑，然而笑着笑着，谢小桐却感到鼻子发酸，不是她不想交往，而是对方关上了大门……

这对小半年未见的舅甥就这么边吃甜甜圈边唠嗑，直到夕阳余晖照进了屋内。

"舅，我得走了。"她说。

"急什么？留下来吃晚饭，我让厨子煮好吃的给妳吃。"

"不了，我若不回去，我妈又要唠叨，因为我爸的厨艺不佳又酷爱煮青菜豆腐，你知道她无肉不欢。"

话音一落，她舅舅立刻喊来厨子，嘱咐以最短的时间煮出三菜一汤，全带肉的。

"这汤汤水水的，不好带哪！"她答。

"有什么不好带的？我让司机送妳一程。"

就这样，谢小桐带着舅舅的心意回家，没留意到有一辆五菱宏光正紧随其后……

第四十三章/一石二鸟

萧老板一看照片，这不是与成田骏在一起的女孩吗?

"你说这是杨守光的外甥女?"萧老板问。

"他是这么介绍的。"宁韦答。

萧老板立即陷入沉思，本来他只想打劫杨守光，所以派人先去摸底，岂料却带出成田骏的女人，这下子可以一石二鸟，岂不快哉?

"听着，不论用什么法子，你立刻跟这个女人交上朋友。"萧老板说。

"然后呢?"宁韦问。

"然后随时向我报告，我会依据报告的内容下指令。"

就这样，谢小桐的游泳学校迎来了一位新成员。

"嘿!妳还记得我吗?"宁韦喊住谢小桐。

此时的谢小桐刚与某教练谈话完毕，泳池里忽然冒出一颗人头，还冲着她喊，她的表情管理难免有些跟不上。

"干嘛那么惊讶？"宁韦说，"没见过会游泳的警察吗？"

"那倒也不是。"谢小桐强迫自己冷静下来，"你怎么会在这里？"

"游泳健身啊！这不是你们学校喊出的口号吗？"

这的确是谢小桐设立游泳学校以来一直标榜的口号，只是这人怎么会忽然在这里出现？市里的游泳学校可不止一所呀！

针对疑问，宁韦表示是她舅舅推荐的。

"你又见了我舅舅？"她问。

"可不是，他还鼓励我追求妳。"

谢小桐没料到此人会在公共场所说出那样"轻佻"的话来，心情立马不好了，但还是努力压抑不满。

"别瞎说……呃！我的意思是我舅很可能只是开个玩笑，你别往心里去。"

"怎么办？我已经往心里去了，妳晚上有空吗？"

谢小桐心想怎么这人完全不懂得察言观色？得，就让他尝尝吃闭门羹的滋味吧！

"没空！"她答，"今晚没空、明晚没空、后天晚上也没空。"

"那真可惜！本来想请妳看《缉毒风暴》。"

《缉毒风暴》是近日上映的电影，说的是卧底警察潜入贩毒集团，后来在专案组领导和同事的帮助下，最终抓获毒枭的故事。

由于成田骏的关系（他也是卧底警察，同样潜入贩毒集团），谢小桐一直想找个时间观看。

169

"想看电影我不会自己看吗？"谢小桐冷漠地答，"你还是另外请人吧！"

"哎！本来还想顺便给妳讲讲警察的英勇事迹呢！"

这个回答让谢小桐的心喀噔了一下，成田骏不是苦于无法自证自己的卧底身份，以致被黑白两道夹杀，到现在还流离失所吗？同为警察的宁警官肯定知道点儿什么，她何不借机探探消息？

"既然你这么有心，我也不好泼你冷水，咱们就一起去看《缉毒风暴》吧！"她答。

就这样，两人看了电影，结束后又吃了宵夜。席间，宁警官信守了诺言，只是怎么听都觉得怪怪的。

"你是电信侦查大队的警官，怎么连监狱里面的情况都这么了解？"谢小桐提出疑问。

"当然了解啰！好比心脏科的医生多少也懂点儿皮肤科。"他答。

"就算那样，未免也太了解了，譬如犯人几点起床、几点干活、几点放风、几点熄灯等，连吃的鱼没清理内脏都知道。"

宁警官支支吾吾，最后才承认自己曾短暂在监狱工作过，所以……

"我就说嘛！哪有人这么熟悉，熟悉到仿佛住过似的。"

也许谢小桐说者无意，但宁韦却听者有心，毕竟他的确住过牢房，而且还二进宫（被捕两次）。

"咳咳，"他咳嗽两声，"别尽讲我的，妳呢？说说妳的心路历程吧！"

基于礼尚往来的原则，谢小桐大致介绍一下自己，不过刻意隐去有关成田骏的部分。

"妳去过巴厘岛两次，期间有没有认识什么人？"他问。

"没有。"她答。

"那妳可真大胆，尤其去的还是深山。"

"咳咳，"她咳嗽两声，"巴厘岛其实没想像中可怕，你去了就知道。对了，今晚的电影讲的是卧底警察的故事，现实生活中你有没有认识卧底的？"

"有啊！多的是。"

谢小桐一听来劲，忙问如果卧底警察的直属上司忽然挂了，该如何自证身份的问题，结果得到的答复竟是——那就等死吧！

宁韦曾前后入狱两次，也许对逮捕过程和牢狱生活如数家珍，但卧底警察这一块却是空白的，仅有的知识全来自影视剧，谢小桐不明所以，听到"等死"的答案后，简直万念俱灰。

"妳怎么了？是不是哪里不舒服？"宁韦看到她惨白的脸色，遂问。

"是的，我忽然感觉胸口闷且喘不过气来，你能送我回去吗？"

"当然。"

那晚过后，宁韦消失了几天，再出现时却是另一番景象。

第四十四章/单纯的妹妹

宁韦本来想以追求者的身份接近谢小桐，但自从发现她"刻意"不提成田骏后（那种保护欲不像是对朋友，反倒像是恋人），决定改弦易辙，从"知心哥哥"的角色入手，希望能攻破她的心防。

"给。"宁韦边说边递过去一个牛皮纸袋。

"这是什么？"她问。

"妳打开就知道了。"

谢小桐打开后，发现是一本手绘本，画的是巴厘岛种种，包括风土人情与食衣住行等。

"这是给我的吗？"谢小桐问。

"当然。"

"为什么？"

宁韦答为了给她留作纪念，谢小桐接着问为什么要给她留作纪念？

"我感觉妳对巴厘岛有不一样的情愫，所以……如果我会错意，那抱歉，我可以收回本子。"

"别，我很喜欢这本手绘本，就当是我买的吧！"

"好，180元。"

谢小桐没料到有人会连客套一句都没有，直接报价。

"现在我严重怀疑你就是来卖书的。"她说。

"天地良心啊！我报的就是实在价，连快递费都没收。"

其实谢小桐也只是说说而已，她更乐意公私分明，所以转账过后便忙别的去，等她空下来时才发现宁韦一直在办公室外。

"你怎么还在这里？"她问。

"妳给了我180元后，我忽然感觉不安，这钱来得太不光明正大了，我害怕遭天谴。"他答。

"哈！算你良心未泯，不过买下就买下了，我不计较，你现在可以走了。"

岂料宁韦就是不肯，他说如果谢小桐不愿收钱，那就捐给大爱园吧！

"你怎么知道大爱园？"她惊讶问道。

"前几天吃宵夜时，我要妳谈谈心路历程，妳告诉我曾在大爱园里当老师，妳忘了吗？"

谢小桐赫然想起，的确是有这么回事。

"你想捐就捐吧！我不阻拦你。"她说。

"可是我不知道怎么捐。"

"这样吧！你进办公室来，我教你怎么捐。"

就这样，宁韦大摇大摆地走进谢小桐的办公室，并且在接下来的日子里时不时以捐款、捐物资的名义出现，要谢小桐代献爱心。

"我教过你，你完全可以自己捐。"谢小桐说，"算上今天，已是第五回了。"

"我是可以自己捐，但如此一来就没借口见妳了……别误会，我只是把妳当妹妹看待，因为我本身也是孤儿，所以很向往有一个妹妹来疼爱。"

这个回答触动了谢小桐内心深处最柔软的那根弦，本来她对宁韦的大方捐献已有好感，再听说他和成田骏一样，也是无父无母的孤儿，心又与他更靠近一些。

"谢谢你的诚实，我很高兴你把我视为妹妹，那我就叫你一声宁哥吧！"她说。

"好的，桐妹，从今以后就由我罩妳，妳完全可以信赖我这个哥哥。"他答。

没过多久，公安消防部门忽然派人上门检查，最终指出游泳学校的消防设备不齐全且占用消防通道，即使谢小桐后来做了整改，仍收到"天价"罚单。

谢小桐气不过，向宁哥抱怨了几句，没想到这位半路杀出来的哥哥很快就摆平一切，连罚款也不需缴纳，让谢小桐很是感激，殊不知这只是一场戏，花点儿小钱就能办到。

一天夜里，这对"兄妹"到酒吧小酌，也许喝高了，谢小桐对宁哥敞开心扉，吐露对"某个男人"的思念……

"这个男人现在在哪儿？"宁韦问。

"我也不清楚，自从上回不欢而散，我已经有好几个月没他的消息了。"

"如果他再次联系妳，妳可要告诉我啊！"

"为什么？"

"因……因为我也想见见他，顺便替妳把关。"

谢小桐表示不妥，因为"那个男人"目前腹背受敌，越多人知道他的行踪越不利。

"可是我也担心妳的安危啊！"宁韦说。

"没什么好担心的，"谢小桐摇晃手里的酒杯，接着一饮而尽，"也许他再也不会联系我。"

几天过后，谢小桐忽然开口邀请宁哥到她家坐坐，原因是她父亲怀疑她交上男友了。

"怎么妳父亲会有这么奇怪的想法？"他问。

"因为我很少夜里出门，尤其还和男性喝了酒。"她答。

"妳父亲可真是个老古板，都什么世纪了？"

话音一落，谢小桐明显变了脸色，宁韦遂改口见见也好，时间就订在周四晚上。

到了约定时间，宁韦提着大包小包上门，谢父谢母对他很客气，且这种客气一直维持到客人离开。

"我不喜欢他，"谢母一关上门便说，"一双眼睛贼溜溜的，像在打什么主意。"

"我也觉得他怪怪的，"谢父说，"哪有人连自己的办公场所都说不清楚？"

谢小桐倒不觉得宁韦的眼睛有任何问题，但答不出自己的办公场所的确很蹊跷，不过她仍坚信对方一定会有个合理的解释，果然……

"实话告诉妳，我是个便衣警察，这也是我不穿警服且不开警车的原因。"他答。

经宁韦这么一提，谢小桐记起两人第一次在舅舅家相遇的情景，当时的他正执行公务，可是既没有穿警服，开的还是一辆普通汽车。

这么一"对号入座"，宁韦还真有可能是便衣警察。

"就算你是便衣警察好了，也应该清楚自己的办公场所，不是吗？"她说。

"我当然清楚，但我怕妳父亲会上我的工作单位问东问西，这岂不是暴露我的身份？哪有便衣警察这么不小心的？我担心自己会因此被上级领导责罚，甚至丢了工作。"

谢小桐一琢磨，宁韦的瞻前顾后不无道理。

"你也太难了。"她无比感慨地说。

"这还不是最难的部分，最难的是现在连桐妹妳也开始怀疑我了。"

"噢！不，我不是故意的……我没有……对不起……"

见状，宁韦的内心大笑不已，但做戏做全套，"神情哀怨"的他最终还是原谅这位"单纯"的妹妹，两人很快重归于好。

第四十五章/知女莫若父

清明节即将到来，当谢家忙着上山扫墓时，谢小桐忽然又收到一张来自巴厘岛的明信片，只是上面的风景不是情人崖，而是乌布皇宫。

"搞什么？"谢小桐愤然将明信片扔桌上，"我可不是招之即来，挥之即去。"

然而只一会儿工夫，她又将明信片拾起，边看边思忖该何时出发？……

"爸，妈，扫完墓我想出国一趟。"谢小桐说。

"出国？上哪儿去？"她父亲问。

"……巴厘岛。"

"妳不是已经去过了？"

"是去过了，但我还没去过乌布皇宫。"

"那正好，"她母亲接棒，"我和妳爸也没去过，咱们就一块儿旅游吧！"

谢小桐无语了，她父亲瞧出了端倪，立即出手相救。

"老太婆，"他说，"妳不是想去台湾吗？怎么又变卦了？"

"这不妨碍啊！我们可以两个地方都去。"

"当然妨碍，我的那点儿死薪水可不经花。"

谢母想了想，虽然她未必会爱上台湾美食（听说是甜口的），但此行主要是买书，这个很重要，因为她想买的书在大陆无法出版，却能在台湾轻松购得。

"我看我还是去台湾吧！小桐，妳就一个人去巴厘岛。"她母亲宣布。

话音一落，谢小桐喜形于色，她父亲全看在眼里，心里隐隐感觉不妙。

当日夜里，谢小桐又被叫进书房。

"妳去巴厘岛见谁？"她父亲开门见山地问。

"没……没见谁啊！"

"我以为妳已经知道诚实的重要性。"

谢小桐表示她当然知道诚实的重要性，只是连她自己也不清楚是不是到巴厘岛见人，因为一张明信片说明不了什么。

为了解释得更加透彻，谢小桐把上回收到情人崖明信片一事也一并告知。

"也就是说妳和成田骏还偶有联系，而这个人总是来无影去无踪？"谢父下结论。

"你要这么理解也可以。"

话甫歇，空气冷得令谢小桐胆寒，她觉得有必要讲讲自己的真实想法。

"我知道我不该再理这个人，可……可是就是忍不住啊！我也不清楚这到底是怎么回事，有时真恨不得打自己几耳光。"她说。

"小桐，我认为妳应该就此打住，在一切都还来得及的时候。"她父亲语重心长地答。

"来得及什么？"

"来得及不让自己坠入深渊。"

父亲的话无疑拉响警钟。

几度深思过后，谢小桐决定止步，而且为了让自己无后路可退，她选择与父母同游台湾。

就这样，扫完墓的隔天，他们仨启程飞往海峡对岸。

在台湾的一个礼拜里，他们去了很多景点，包括故宫博物院、日月潭、阿里山和垦丁公园，也吃过不少在地小吃，譬如盐酥鸡、饭团、蚵仔面线、肉圆、猪血糕、鱿鱼羹……等。当然，谢母也如愿以偿地买到她心心念念的书。

"都是繁体字啊！"谢小桐边翻书边说，"妳看得懂？"

"多阅读就懂了。"

在谢小桐看来，同为炎黄子孙却有两种文字很奇怪，不过奇怪归奇怪，影响毕竟有限，因为多少能猜出七七八八，哪像在巴厘岛，大字一个不识，更糟的是连英文也很少标注，这就很不便利了……

到了吃饭时间，谢小桐一家走进西餐厅吃烤肋排，好吃是好吃，但她认为还是巴厘岛南部的那一家更入味些……

"我是怎么了？"谢小桐自言自语，"为什么老想着巴厘岛？"

179

假期结束后，他们搭机返回国内。当飞机抵达上海时，谢父问女儿：" 上海飞巴厘岛的班机多不多？"

" 应该很多，毕竟上海是个国际大都市。"

" 那妳还不快买张机票？"

谢小桐硬是愣了好几秒钟才被点醒，接着畏畏缩缩地问为什么？

" 因为妳魂不守舍的，与其内耗，倒不如让妳直接面对现实，杀伤力或许还小些。"

" 可是妈……"

" 等她上完厕所回来，我会找个理由搪塞过去，妳不用担心。"

从小到大，谢小桐从未像此时此刻一样与父亲的心靠得如此之近。

" 谢谢爸，" 她亲了父亲一下，" 等我回来哈！我会带当地的土特产给你……和妈。"

第四十六章 / 不请自来

从收到明信片算起，时间已过去十多天，谢小桐没把握成田骏还会在皇宫等她，但她还是第一时间赶过去，可惜皇宫大门没有他，皇宫里面也没有他，上午没有他，下午也没有他，晚上关门前依旧还是没有他。

谢小桐很失望，神情萎靡地回酒店……

"晚安，妳看过乌布皇宫的雷贡舞了吗？"酒店的前台工作人员问。

"看过了，很精彩！"谢小桐有气无力地答。

工作人员会这么问，一点儿也不突兀，因为酒店就在乌布皇宫附近，直线距离不到一百米。

"那妳也不能错过克差舞剧，演出地点就在Pura Dalem，离这儿不远，只有几百米。"那人继续说。

"好，如果有空的话。"

任何人都听得出话里的敷衍（这当然也包括酒店的前台工作人员）。

"不看克差舞剧没关系，"那名年轻的巴厘岛女人说，"拍拍照也行，毕竟Pura Dalem是乌布最重要的寺庙之一，和皇宫一样都拥有华丽的石雕、漂亮的庭院和装饰精美的山形门。"

听到Pura Dalem跟皇宫相像，谢小桐来了精神。

"这是皇宫还是Pura Dalem？"她掏出明信片问。

"是Pura Dalem，一看就知道。"女人胸有成竹地答。

也许当地人一看便知晓，但谢小桐是观光客，以前也未曾去过乌布，她要如何分辨？

"谢谢！"她答，"明天我就上Pura Dalem瞧瞧。"

隔天吃完早餐，谢小桐果然徒步走向Pura Dalem。还真别说，若只看建筑不看布局，某些角度的确像极了皇宫，真要找出不同之处，莫过于善恶之门（Pura Dalem有，而皇宫无）。

所谓的善恶之门即两扇对称的三角形门（像从中间均匀劈开），锐角朝天，分别代表善与恶。这种完全对等的关系也恰恰表达巴厘人对待善恶的态度——善与恶不会因人的好恶而消长，两者是相依并存的对立统一体。

此刻的谢小桐正行经Pura Dalem内的善恶之门，并且往阶梯下方走去，突来的一声"桐桐"让她顷刻间石化了。

"桐桐。"见对方没反应，那人再度喊。

谢小桐把即将夺眶的眼泪给逼回去，继续前行，成田骏不得不赶上。

"这位先生，你有事吗？"她冷冷地问。

"桐桐，别孩子气了。"

"谁孩子气了？好几个月没消没息，忽然想起来就勾勾手指头，你当我笨还是贱？"

"不许妳这么说自己！"成田骏收起笑脸，"妳知道我已经在这里苦等妳近两个月了吗？"

"谁信？"

"不信妳看邮戳便知道。"

谢小桐掏出明信片一看，上面果然盖着二月份的邮戳，而现在已是四月中旬。

"怎么寄个明信片需要那么长的时间？"她喃喃道。

"时间长才正常，如果很快收到反倒不正常，问题是打从寄出明信片的那一刻起，我就时不时上这里来，明知妳不会那么快出现，但……就是忍不住。"

一句"忍不住"让谢小桐既好笑又心疼。

"傻瓜！"谢小桐睨了他一眼，"大傻瓜！"

本来该有的风暴竟在一来一去的对话中化为乌有，还真是神奇！

"妳住哪儿？"成田骏问。

"当然是酒店，离这儿大约十分钟的步行距离。"

"那我们先找个地方吃点儿东西，吃完我陪妳回酒店收拾行李。"

"好。"

这一次，谢小桐待在乌布直到五一假期结束，殊不知有个人也在同一区域待了那么多天，不凑巧的是两人一次也没见着面。

"爸、妈，我回来了。"谢小桐一进门就喊。

"怎么这次出差这么久？"她母亲问。

谢小桐看了父亲一眼，后者使了个眼色，她立即秒懂。

"是久了点儿，所以一结束，我就赶回来了。"她答。

"孩子回来就好，"她父亲开口，"何况小桐也不是音讯全无，她还给妳发了照片和录像，不是吗？"

"可是发的都是风景，谁知道是不是她本人发的？"她母亲叹了口气，"还不如宁警官，人家至少出现在照片中，又是寺庙，又是猴子的。"

话音一落，另两人吓坏了，异口同声地问："怎么宁警官也上巴厘岛？"

"我告诉他的，他说他也跟过去瞧瞧。"谢母答。

谢小桐听完，心中喀噔了一下，莫非宁哥跟踪起她来？

"妈，妳为什么要告诉别人我在巴厘岛？"谢小桐质问。

"咦！人家问，我还不让说？又不是干了什么见不得人的事。"

谢母说者无意，但谢小桐却听者有心，脸青一阵紫一阵的。

"好了好了，事情过去了就别再讨论了。"谢父转向女儿，"妳不是说带了土特产给我和妳妈吗？"

谢小桐被点醒，赶紧递上一个黄色纸盒，说："这是巴厘岛最出名的香蕉蛋糕，请父王母后笑纳。"

因为土特产的出现，谢父开始沏茶，为接下来的下午茶时间做准备……

第四十七章／第三张明信片

知道宁哥跟踪她后，谢小桐留了个心眼，开始与他保持距离，宁韦也察觉到了，直接找她要说法。

"没什么，最近忙。"她答。

"忙什么？"他不懈地问。

"忙……这你就不用管了。"

"如果我猜的没错，妳是因为我跟着妳到巴厘岛，所以心有芥蒂，对吧？妳怎么就不想想我为什么要这么做？还不是为了帮助同为警察的那个男人？他为了国家赴汤蹈火，如今却沦落到四处漂泊的境地，总得有人帮帮他，不是吗？"

谢小桐听完，羞愧难当，怎么自己就把人往坏里想，平白误会了一个好人？

"对不起，是我的错，早知如此，我铁定会告诉你行踪，因为成田骏也正等待冤屈被平反的一天。"

"原来那个男人叫成田骏。"宁哥说。

谢小桐不小心道出真名，此时此刻也只好承认。

"那好，快告诉我他现在在哪儿？我即刻启程。"那人又说。

其实当谢小桐与成田骏道别时，后者就已表明会搬家，所以即使现在赶过去，仍是扑空。

听完后，宁韦紧接着要联系方式，当得知两人的联系仅凭一张明信片（何时寄出还没个准）时，立即爆发了。

"干！"宁韦咆哮，"屌他娘的！"

谢小桐好不诧异，此人怎么说翻脸就翻脸？这还是她认识的宁哥吗？

宁韦也意识到不对劲（此时的谢小桐正瞠目结舌地看着他），狰狞的面孔瞬间消失。

"不好意思哈！"他说，"这是我的口头禅，不是骂人，妳千万别误会了。"

"没……没关系，我有时也骂人，只是会骂得文明点儿。"

"是是是，这坏习惯得改，我受教了。"

后来，宁韦销声匿迹了好一阵子，谢小桐也因忙于工作，这件事就这么不了了之了，直到谢小桐的舅舅又提起这个人。

"什么？宁警官来应聘保镖的工作？"谢小桐惊讶问道。

"没错，妳说奇怪不奇怪？"

此事已经不能用奇怪来形容，而是匪夷所思。

"你雇用他了吗？"谢小桐问。

"既然是警官，肯定有两把刷子，当然雇用了。"她舅舅停顿了一下，"谁能想到第一次见面时还是警民关系，第二次就成了雇佣关系，这大概就是所谓的缘分吧？！"

"不对呀！"谢小桐说，"中间应该还见过一次，就是你让宁警官追求我的那一次。"

"我让宁警官追求妳？"她舅舅扬起声，"怎么可能？我和他还没有熟到那个程度。"

这下子谢小桐不淡定了，此人究竟是人是鬼还是魔？

离开舅舅家后，谢小桐第一次主动联系宁哥，电话里的他声音沙哑，时不时还咳嗽两声。

"你还好吗？"她问。

"不好，昨天从妳舅舅家离开后就觉得喉咙发痒，吃完药很早就上床睡觉，没想到还是中招了，咳咳，妳有什么事吗？"

"没什么，只是问候一声。"

"肯定有什么，说吧！咱俩之间别兜圈子。"

谢小桐想了想，还是道出心中疑虑，岂料对方云淡风轻地表示那不过是为了套近乎所找的借口，是真是假不重要。

"我认为很重要，"她答，"如果想维持这段友谊，我希望你真诚待我。"

"成田骏真诚待妳了吗？"

"当然。"

此时电话那头传来爆笑声，谢小桐很不悦，责问他为什么笑？

"妳搞错了，是我的室友在笑，不是我，咳咳，我生病了，怎么笑得出来？"

话甫歇，笑声又传来，而且相当清晰。

"看来你的室友很爱笑，那我挂了。"她说。

"随便妳。"

挂断电话后，谢小桐像吃了一颗烂苹果，她开始回想与宁哥相处的点点滴滴，越想越不对劲，怎么这个人亦正亦邪且心思跳来跳去（几个月前还说要为成田骏申张正义，几个月后又离职当保镖去），这正常吗？

因为对周遭有了戒心，谢小桐变得格外小心，然而再怎么小心，母亲还是拦截到那张明信片。

"怎么这张明信片上只写了收件人的姓名和地址，其他全无？"她母亲问。

谢小桐抢下明信片，答："是我朋友寄的，他这个人很懒。"

"朋友？妳的这个朋友看海豚去了？"

"是……是的，马尔代夫有很多海豚。"

谢小桐这么答是为了误导母亲，因为害怕她又向外人透露家中信息，不得不未雨绸缪。

回到房间的谢小桐开始研究巴厘岛哪里可见到海豚，得到的答案是——很多地方都见得到，但最著名的还得是罗威纳。

"看来我又得上路了。"她喃喃道。

第四十八章/插翅难逃

谢小桐告诉父亲自己又要到巴厘岛见成田骏，可是母亲那边得到的讯息却不一样（地点在马尔代夫，出行目的是为了见朋友）。

"知道了，我不会泄密的。"她父亲停顿了一下，"小桐，妳打算就这么偷偷摸摸下去？"

"当然不是，一旦真相大白，我和成田骏也能像正常人一样，光明磊落地行走在大街上。"

"那要等到什么时候？万一一直无法水落石出，你俩岂不是永远活在阴影下？这是妳想要的吗？"

这当然不是谢小桐想要的，但如果拿这个去问成田骏，他肯定又把问题丢还给她，让她自行决定要不要继续下去，而她已经爱他爱到无法自拔，这仿佛在问她要不要呼吸？除非她想了结性命，否则哪能说断就断？

"咳咳，"她故意咳嗽两声，好开始接下来的谈话，"我当然不想活在黑暗之中，相信成田骏也一样，所以这次我打算劝他自首，就算最终无人能证明他的清白，关个几年再出来，仍是好汉一条，那也胜过目前的东躲西藏。"

"这倒是个办法，可是他会同意吗？"谢父又问。

"不知道，我只能尽力说服他。"她答。

另一厢，一时抓不到成田骏的萧老板决定先把杨守光这块大肥肉拿下，据说此人的手里有好几千枚比特币，以目前的行情计，那就是几十亿，意即只要干了这一票，就能确保自己和身后好几代人都过上奢靡的幸福生活。

"听着，"萧老板对宁韦说，"你得在最短的时间内得到杨老板的信任，同时干掉另外几名保镖。"

"你娘的！他总共有6名保镖，三班倒，你的意思是要我杀掉另外5位？"

"谁让你杀人了？我的意思是挑拨离间，想办法让杨守光辞退这些人，好换上咱们的自己人。"

宁韦心想辞退1人还好办，辞退5人可是难如登天，然而萧老板却表示这就是他拿高薪的原因，天底下可没有白吃的午餐。

"知道了，"宁韦答，"这件事就包在我身上，不过时间会拉长，几个月是要的。"

"时间长没关系，我刚好趁这段时间把那个叛徒揪出来，以儆效尤。"

萧老板可不是随便说说而已，他真派人将谢小桐的助理撞伤，好让自己人顶替上。如此一来，一有风吹草动，他立马就能知晓，果然……

"谢小桐坐明晚10:15的班机飞巴厘岛。"尤嘉莉打来电话，她正是谢小桐新雇用的助理。

"酒店有吗？"

"有，待会儿发。"

萧老板思忖班机有了，酒店也有了，成田骏这次就算插翅也难逃了。

想至此，这个男人邪恶地笑了。

第四十九章/突发事件

昨天飞机晚点，加上陆路折腾，谢小桐只眯了一会儿即从床上爬起，稍微梳洗一下后便出门。此时外面仍是漆黑一片，但路上的野狗已经开始作业，它们冲着络绎不绝的行人和汽车狂吠……

是的，谢小桐订的酒店邻近码头，步行只需10分钟，方便与成田骏重逢，可是即使海面上的蜘蛛船都驶离了，依然不见那人的踪影。

据说错过日出的这一拨，正午和傍晚还有两拨，于是谢小桐在码头附近溜达，希望能与心上人来个"不期而遇"，可是这个愿望依旧落空，并且在接下来数天持续落空。

"不管了，我也追海豚去，总不能白来一趟吧？！"她心想。

次日，追完海豚的谢小桐从船上下来，小贩们一涌而上，兜售的全是纪念品，好比冰箱贴、木制品、T恤、饰品……等。

"这个多少钱？"谢小桐指着一条珍珠项链问。

"40万。"售货大妈答。

谢小桐换算了一下，大约200元人民币，贵是不贵，但她还是习惯性砍价。

"20万。"她说。

"18万。"对方还价。

当谢小桐就要接受时，带着鼻音的声音忽然出现，接着过五关斩六将，最终以8万印尼盾成交。

"需不需要我帮妳戴上？"成田骏问。

"嗯！"

戴好后，谢小桐问是她美还是项链美？

"都美，咳咳，美人选美物嘛！"他答。

"你怎么了？是不是感冒了？"

"是的，我已经病了一个多礼拜，今天好点儿，才上这儿来。"

谢小桐一听急坏了，忙问他要不要紧？有没有发烧？吃药了没？

成田骏答最糟糕的时候已经过去，否则他也不会在这里出现。

"那就好，看来最近病毒肆虐，连你也感冒了。"她说。

"连我？还有谁也感冒了？"他问。

"宁韦，我叫他宁哥，他和你一样是孤儿，而且同为警察。"

听说谢小桐认识了一名警察，成田骏如临大敌。

"别紧张，"她赶紧给定心丸，"他知道你的情况，也愿意帮助你，可惜这个人现在是我舅舅的保镖，不再是警察了。"

谢小桐不解释则已，一解释，成田骏只觉得天旋地转，怎么女生都守不住"秘密"？更甚的是竟然还告诉警察，这是什么神仙操作？

然而此刻说什么都为时已晚，他只能将不满压下，改讲一些不着边际的话。

"妳舅舅肯定是大人物，所以才需要保镖。"他说。

谢小桐笑了，表示自己的舅舅不过是一名普通人，不算什么大人物。

"是吗？他叫什么名字？"成田骏接着问。

"杨守光，木易杨，保守的守，光明正大的光。"

"杨-守-光，好，我记住了，我们现在上哪儿？"

谢小桐说她想四处逛逛，不过在这之前，她得先回酒店洗个澡，再换身干净的衣服。

"行，就照妳说的做。"他答。

与此同时，萧老板的小弟也就位，正等待一个合适的时机下手……

"骏，你干嘛拉上窗帘？"回到酒店房间的谢小桐问。

"妳不是要洗澡？"

谢小桐想想也对，所以拿上衣服走进浴室，再出来时，成田骏对她做了个嘘声的动作，同时递过去自己的手机，屏幕上写着——有危险，别说话，妳现在让酒店送厕纸过来，等送过来后，妳跟着服务员走出房间。

"你呢？"她张嘴说，但无声。

194

成田骏指向厕所窗户。

"这里是二楼。"她又张嘴说，依旧无声。

成田骏拍拍她的肩膀，接着走向洗手间。

当洗手间不再有声响时，谢小桐拿起电话拨打客房服务。等厕纸送到，她立马出门，连送厕纸的服务员都觉得奇怪，怎么这位客人紧跟在后，就差身体接触了？

虽然离开了"一级战区"，但谢小桐依旧惶恐不安地待在酒店大廳，直到近午夜才不得不回房，然而一想到危机还未解除，她又踅了回来，最后才想出一招——向酒店前台要求换房，理由是房间内有壁虎。

还好当晚酒店有空房，她如愿换了房，可是一换完她就后悔，万一成田骏回来了怎么办？

就这样，她一夜辗转反侧，并且在接下来数天持续辗转反侧，直至假期的最后一天，她也没能如愿睡上一次安稳觉……

第五十章/命悬一线的舅舅

从巴厘岛回来后，谢小桐犹如惊弓之鸟，他父亲全看在眼里。

"怎么了？"他问。

"没什么。"她答。

"妳现在能倾诉的也只有我，说吧！我听着。"

谢小桐犹豫了一下，还是道出此次的"惊悚之行"。她父亲听完后很是担心，害怕自己的女儿因此摊上麻烦，甚至丢了性命。

"不会的，他们找的是成田骏，不是我。"

面对女儿的"天真"，谢父明显清醒很多，他要她到舅舅家待上一阵子，那里有保镖，至少人身安全有保障。

"这也太小题大作了，过几天我应该就能恢复正常，不再疑神疑鬼，所以……真不需要。"她答。

"妳不为自己想，也得为妳母亲想，她这辈子都被保护得好好的，何曾受惊吓？妳不会想让她因为妳而惴惴不安吧？！"她父亲说。

事关母亲，谢小桐只好听话搬出去。

对于外甥女的到来，杨守光敞开双手欢迎，不仅好吃好喝侍候着，还加雇了3名女保镖日夜轮流守护。谢小桐没拒绝，但不免感到好奇——怎么舅舅的保镖换了好几张新面孔？

面对疑问，她舅舅的答复是——宁警官说保镖每隔一段时间得换一批，免得因为了解雇主太多而带来危害。

"他现在是你的保镖，怎么你还喊他宁警官？"谢小桐不苟同，"还有，他这么说是不是也把自己包含进去？我看最该换掉的反倒是他。"

"咦！为什么最该换掉的反而是他？"她舅舅问。

于是谢小桐道出这段时间以来对那人的观感——从没感觉到不喜欢，再从不喜欢到喜欢，接着又从喜欢到如今的敬而远之，仿佛坐过山车似的。

"哈哈！妳想多了，能当警官的人应该差不到哪里去。"她舅舅答。

这个回答让谢小桐忽然想到要如何证明宁韦就是警察？他连自己的办公场所都答不出来，也许他压根儿就不是警察。

有了这个想法后，谢小桐立即拨打报警电话。

"这里是110，请讲。"对方说。

"我怀疑有个人不是警察，你们能查一下吗？"

"警号多少？"

"不知道，但有姓名，他叫宁韦，宁静的宁，吕不韦的韦。"

等了一小会儿，对方答："有了，他是消防大队的民警，警号为○4****。"

谢小桐心想——原来宁哥真的是警察，还是消防大队的，难怪几个月前他能轻松摆平公安消防部门开出的"天价"罚单，可是舅舅为什么介绍他是电信侦查大队的警官，而他本人也没否认，甚至日后还表示自己其实是一名便衣警察？

"还有什么能帮到您？"手机那端问。

"没有了，谢谢！"

挂断电话后，谢小桐悬着的心终于可以放下（只要宁韦的警察身份不假就行，其他次要），殊不知接线员输入的人名是宁伟，不是宁韦。

反观萧老板这边，派出的小弟再度攻败垂成已让他怒火攻心，而几天后传来的消息（成田骏的心上人入住杨守光家）更是火上加油。

"听着，"萧老板气急败坏地对宁韦说，"把那个姓谢的女人赶出杨家，不管用什么法子。"

"她不过是个弱女子，不碍事的。"

"干！你是老板还是我是老板？虽然我已满手血腥，但非必要，我是不杀人的。"

萧老板的这番话无疑宣告杨守光已命在旦夕。

"行，这件事就包在我身上。"宁韦答。

第五十一章/一箭双雕

萧老板下令驱赶谢小桐，可是这个女人的身边有保镖保护着，"理应"很难下手才是（虽然安插的是自己人，但若轻易失职，到时候很难自圆其说）。

思前想后，宁韦决定将目标转向谢小桐的家人，首选便是她的父亲。

这一天，走出校门的谢父行色匆匆，丝毫没注意到自己已处在虎尾春冰的境地……

"等等，现在还不是时候。"宁韦对小金说。

"怎么不是时候？"

"你没看到四周围都是学生，万一伤及无辜怎么办？"

"他娘的！我还不知道你有一副菩萨心肠。"

其实不是宁韦仁慈心善，而是死伤的人数一多，事情就闹大了，更加不好办。

小金听完，表示清楚了，于是宁韦下车去，好把过错全推到这个新来的小弟身上。

半个小时过去后，宁韦的手机响了5声即停，这是小金发来的暗号，代表事情已搞定。

回到杨家的宁韦不免喜形于色，与神色慌张的谢小桐一对比，那真是天差地别。

"桐妹，妳上哪儿去？"宁韦明知故问。

"我父亲出车祸了。"她一脸忧郁地答。

"怎……怎么会呢？"他努力克制想笑的冲动，"我陪妳去……等等，不行，待会儿我得上岗。"

"不用了，有小赵陪着就行。"

宁韦望向小赵，两人迅速交换一下眼色。

"小赵，妳得保护好谢小姐。"他一本正经地说。

"当然，保护谢小姐是我的责任。"她表情严肃地答。

从表面上看，这两人是上下属或同事关系，其实不然。

（注：因为谢小桐的忽然到来，杨守光极需雇用3名女保镖，为了凑齐人数，宁韦不得不把手无缚鸡之力的女友赵新柔也派上用场。）

夜里，从外面归来的杨守光听说姐夫出车祸了，立即驱车前往医院，同行的宁韦这才第一次看到自己策划的成果——谢小桐的父亲右腿打上石膏，双手和脸颊有不同程度的擦伤。

"怎么正常过个马路也会被撞？那人眼瞎了不成？"杨守光愤怒问道。

"听说是失业后心情不好，喝了点儿小酒，所以……"谢小桐答。

"那就是酒后驾驶。"杨守光下结论，"不管前因为何，犯错就得付出代价。"

此时躺在病床上的谢父摆了摆手，表示算了，因为肇事方是他执教学校的毕业生，加上本人又失业，身上肯定也没什么钱……

"他说他是你执教学校的毕业生？"宁韦突然开口问，心里想的却是这小弟够机灵，知道怎么直击对方的软肋，假以时日必成大器。

"他是这么说的。"谢父答，"对了，你怎么在这里？"

"我是杨老板的保镖。"

"我以为你是警察。"

宁韦给的解释是——警察赚的没保镖多，所以他弃暗投明了。

"你说错了，"一直保持沉默的谢母说，"弃暗投明是比喻脱离黑暗势力，走上光明道路，除非你的意思是警界很黑暗。"

宁韦还真不知自己错用了成语，但再一想，警界难道不黑吗？

"哈哈！有些事挑明了说就没意思了。"宁韦答。

由于讲到敏感话题，加上不大的病房里挤进了7个人，杨守光要保镖们全退到病房外。

被逐出病房的宁韦和小赵无事可做，只能眉目传情，然而越"互诉衷肠"就越血脉偾张，到最后天雷勾地火，两人很有默契地走进公厕，再出来时，又是另一番景象。

"我不喜欢偷偷摸摸的，"小赵臭着脸，"尤其还在厕所里。"

"耐心点儿，等干完这一单，我们就领证。"宁韦边洗手边答。

"真的？"

"当然是真的，我以我父母的性命发誓。"

想当初，宁韦要赵新柔充当保镖，她的第一反应是拒绝，但拗不过男友的死缠烂打，最后还是关了服装店当保镖去，可是她总不能这么无休止地闭店下去，还好今日宁韦承诺事成后给她一个名份，也算是给了期限，否则真待不下去，因为上班期间既不能玩手机，也不能坐下来歇歇腿，简直是酷刑！

解决完生理需求的宁韦和小赵重回工作岗位，另一名男保镖则视若无睹，仿佛什么事都没发生过（哈！自己人就是有这等好处）。

半个小时后，杨守光从病房内走出来。

"老板，回家？"宁韦问。

"嗯！"

"谢小姐也回吗？"

"她留在医院，等她父亲出院后，她跟着回她家。"

"那小赵、小丁和小江呢？"

宁韦指的是最近加雇的三名女保镖。

"她们三位依然保护谢小姐，费用我出。"杨守光答。

这正中宁韦的下怀，既达成了萧老板指派的任务，又能掌握谢小桐今后的动向，可谓是一箭双雕！

第五十二章/螳螂捕蝉

萧老板的计划是等杨守光身旁的保镖都换成自己人后即动手，偏偏不论怎么使出浑身解数，杨守光就是不愿辞退小马和老汪，因为这两人跟了他十多年，早已"不是亲人却胜似亲人"。

"看来只能制造一些小意外了。"萧老板对宁韦说。

解决小马倒没什么难度，因为此人天生对花生过敏，这是同事间都知道的"秘密"，眼下只需让他过敏即可。

果然过敏后的小马反应剧烈，不仅气短，还发出哮鸣声，看起来非常恐怖。经紧急送医后，小马的小命总算是保住了，但若想恢复到从前的状态，据医生说还需要好长一段时间的复健。

现在就只剩老汪了。

当宁韦还在想如何解决这个仍身手矫健的老家伙时，谢小桐那边出状况了。

"妳说谢小桐过两天飞巴厘岛？"萧老板在电话中问。

"小丁是这么说的。"宁韦答。

"赶紧让保镖跟上。"

"不需要3个都上吧？！谢小桐也不会同意。"

"那你觉得让哪个上好？"

宁韦想都不想，直接推荐小赵。

"这个小赵的身手如何？"萧老板问，"我可不想再失败一次。"

"放心，灵敏得很。"

宁韦之所以推荐小赵，全是私心使然，因为他和另两名女保镖正发展恋情，趁着"正宫"离开，他刚好可以让这两段感情更加牢固，至于派出的保镖（小赵）给不给力……那不重要，因为谢小桐只是个饵，当螳螂捕蝉时，只要确保黄雀在关键时刻不掉链子即可。

"另外几人也安排妥当了吗？"萧老板又问。

"是的，已经安排好了。"

听到这个回答，萧老板满意地挂上电话，接着走向窗口，窗外全是低矮的房子和高高低低的树，空气中则有下雨过后混杂新鲜泥土与青草的气味……

"如果不是被成田骏摆了一道，我何苦窝在这乡下地方？等拿到杨守光的比特币，怎么也得想方设法润到先进国家去，这东躲西藏的日子，我真他妈的受够了。"他心想。

第五十三章/早安，巴厘岛

𝕰

在谢小桐及其母亲的悉心照料下，车祸受伤的谢父已经可以行走，就在这时候，一张明信片翩然而至。

"爸，后天我想飞巴厘岛。"谢小桐说。

"他又寄明信片来了？"

"嗯！"

"我认为妳应该斩断这段关系，因为它已经不健康了。"

谢小桐认为即使是不健康的关系，也应该当面说清楚，否则如鲠在喉，更加难受。

"妳的意思是此行是分手之旅？"她父亲问。

"......嗯！"

"那好，我支持妳去，不过前提是妳必须带上保镖。"

谢小桐当然不同意，可是拗不过父亲的坚持，只得点头，不过坚决只带一位。

"也好，那名保镖可以跟妳睡同一间房，人数多了反而不好办。"

谢小桐还想着与成田骏缠绵，有外人在，咋整？不过眼下也只能接受（否则过不了父亲那一关），心想到时候再见机行事吧！

到了出行的日子，来的人居然是小赵，非她指定的小江。

"小江呢？"谢小桐问。

"我怎么知道？再说，机票订的是我的名字，她来干啥？"小赵反问。

谢小桐很不解，她明明指定脾气温和的小江跟她一块儿去巴厘岛，怎么来的竟然是耐心明显不足的小赵？而在小赵看来，她也不愿跑这么一趟远路，奈何这是工作，她只能硬着头皮接下，孰料谢小桐却哪壶不开提哪壶，如果能选择，她倒宁愿让小江顶替她。

上了飞机后，谢小桐主动打开话匣子，问小赵是不是一直从事保镖的工作？

"当然不是，我以前开服装店的。"她答。

"服装店？这跨度跨得着实有些大，为什么不继续开下去？"

"为了爱情，因为干保镖能赚更多，等存够钱，我就要和男友领证结婚了。"

"那恭喜了。"

"妳呢？有没有男朋友？"

谢小桐犹豫了一下，还是选择说实话，因为她希望小赵届时能成全。

"行，"小赵很爽快地答应下来，"到时候我住其他房间，留你们小俩口卿卿我我。"

想当初宁韦把女友召进来当保镖，只大略解释一下原由（安排自己人是为了更好地抢劫杨守光），有关谢小桐的部分则只字未提，这导致赵新柔误以为自己就是来"扮演"女保镖的，压根儿就没把这次的巴厘岛之行当一回事儿。

"谢谢！"谢小桐说，"将来妳结婚，可别忘了通知我，我一定会出席，并且包一个大红包。"

"那有什么问题？我想宁韦也会高兴见到妳。"

"宁韦？你们两个……"

此时的赵新柔才发现自己说漏嘴了，既然木已成舟，她索性也就承认了。

谢小桐万万没想到眼前的保镖竟是宁韦已经谈婚论嫁的女友，一时不免心慌意乱，因为那个男人已经失去她的信任，那么他的女友还值得相信吗？

由于心生警惕，谢小桐对接下来的谈话不再那么"推心置腹"，还好小赵并没有察觉出异样，吃完飞机餐便沉沉睡去，再醒来时已是晨光熹微。

"醒了？"谢小桐说，"妳的睡眠质量可真好，送餐时我都没敢叫醒妳，现在饿吗？要不要我让空服员送早餐给妳？"

"不了，"她揉揉睡眼，"刚醒来没什么胃口，我倒是想上一下洗手间。"

等赵新柔从洗手间回来，飞机开始下降，机长宣布大约半个小时就能抵达巴厘岛的伍拉·赖国际机场。

"今晚我们住哪儿？"小赵问。

"神鹰广场附近。"

"靠海吗？"

"不知道，没去过。"

"也就是说妳跟男友约在神鹰广场见面，对吗？"

谢小桐迟疑了一下才答没有，会选在那里住宿纯因酒店便宜。

赵新柔以为再怎么便宜也应该差不到哪里去，结果却大跌眼镜。

"怎么这住宿条件和妳家差不多？"赵新柔放下行李后问。

"我家怎么了？"

赵新柔这才意识到说错话了，赶紧道歉。

"哈！我家的确不能与我舅舅家比，"谢小桐表现大度，"但一个家的温暖不在于它大不大或豪不豪华，而在于亲情的凝聚力。"

这也是赵新柔的不明白之处，按理说，一个请得起保镖的人，亲戚也应该非富即贵，可是杨老板的外甥女却住在一栋老旧的小平房内，吃穿用度还极其"不讲究"，这差距可不止一星半点。

"话说得没错，但这毕竟是旅行，我认为妳可以稍微对自己好一点儿。"赵新柔说。

谢小桐解释她父亲是教师，母亲无业，自己虽然办了游泳学校，但工资是死的，在此情况下，能出国已经很不易，其他只能省着点儿花。

"可是妳舅舅……"

"我知道，"谢小桐立即截断她的话，"只要我开口，舅舅绝对能满足我的一切物质需求，但我不愿意，因为逝去的奶奶曾告诫我——收下不属于自己的东西，最终都会以别种形式失去更多。"

"啥？妳奶奶可真奇……奇怪，换成我有个出手阔绰的舅舅，绝对会竭尽所能地捞，那可是个大金矿啊！不捞难道留着让人惦记？"

谢小桐听完，心头一惊，忙问是谁惦记自己的舅舅？

"妳别误会，我只是随便说说而已。"小赵急急地答，"不过话说回来，有钱人的确比较容易让有心人盯上，这也是妳舅舅雇用保镖的原因，不是吗？"

谢小桐想想也对，遂不再钻牛角尖。

当机长宣布即将抵达目的地时，谢小桐往机窗外一看，那蔚蓝的天空、雪白的云朵、碧绿的海水，郁郁葱葱的树林……依然如故，啊！久别重逢的感觉真好。

"早安！巴厘岛。"谢小桐忍不住打了声招呼。

第五十四章/失之交臂

神鹰广场位于巴厘岛的南部，广场内有一座高120米宽64米的雕像，这座雕像雕塑的是印度教毗湿奴神骑在祂的坐骑（一只张开翅膀的雄鹰）上。

（注：毗湿奴是宇宙与生命的守护之神，也称维护之神，是印度教三大主神之一，与湿婆和梵天齐名。）

成田骏寄来的明信片上正有此雕像，想当然尔，此时的谢小桐必然驻足在雕像前。

"妳已经站在这里一个多小时了。"小赵提醒。

"妳不觉得这个雕像很宏伟吗？"谢小桐问。

"是很宏伟，但正常人不会一直站在这里，妳是来旅游的，不应该到处看看吗？喏！那边有台阶，往上爬一定能见到不一样的风景。"

"不了，我在这里挺好的，妳想到处看看，请便！"

再三确认谢小桐允许自己离开，并且绝不会秋后算账后，小赵很好意思地走了。

待谢小桐身旁的女人一走远，成田骏立马上前，然而就在离目标不到五十米远的地方，三名壮汉围了上去。

"成田骏，别说话，跟我们走。"其中一名说。

"你们是谁？"

话音刚落，成田骏的腹部遭到猛烈一击，他痛得弯下腰去。

"叫你别说话，你还说？再不听话，我们连你的女人也一并带走。"另一名男子说。

怕这三人真的伤害谢小桐，成田骏只得乖乖照做。离去前，他还忍不住回头望了伊人一眼，可惜得到的依然只是背影。

当成田骏失望转身的那一刹那，谢小桐刚好回过头来，两人算是完美地错过了。

又一个小时过去后，仍坚持着的谢小桐忽然两眼一黑，再有意识时，四周围变得非常陌生。

"妳醒了？谢天谢地，我还以为妳挂了呢！"小赵说。

"我……我怎么了？"

"妳晕倒了，要不是听到救护车的声音，我还不知道妳出事了呢！"

谢小桐左右察看了一下，几名穿白大褂的人正走来走去，空气中还有消毒水的味道，想必这里就是医院。

"我可以走了吗？"她问。

"老天！妳想死是不？怎么也得等医生看过后再说。"

医生后来量了谢小桐的体温和脉搏，确认无碍后，叮嘱几句便放行。

离开医院的谢小桐本来还想回到神鹰广场，奈何身体实在太虚弱，只得听从小赵的建议——回酒店休息。

隔天，恢复正常的谢小桐仍上神鹰广场，不过这次她记取了教训，不仅打了伞，还擦上厚厚的防晒霜，连运动饮料也不忘带上。

"回答我，妳是不是和男友约在雕像前见面？"小赵问。

"没有。"

"那就奇怪了，这里的门票并不便宜，可是妳哪儿也不去，光对着雕像站着。"

"妳别管，再管，小心我投诉妳！"

小赵果然不再啰嗦，后经谢小桐同意，乐得躲在"遥远"的阴凉处"站岗"。

就这样，谢小桐天天上神鹰广场，可是却次次落空，直到假期的最后一天，眼见就要闭园了，她才终于破防，哭得梨花带雨。

"我实在不想说妳，但妳这样是不行的，那男的明显在玩弄妳，妳还一把鼻涕一把泪。"

小赵不说则已，一说，谢小桐更是哭得惨兮。

"别哭，我请妳喝酒，咱们来个不醉不归。"小赵说。

后来，她俩驱车前往Rock Bar，这是一个建在岩岸上的酒吧，在海风和酒精的作用下，谢小桐果然感觉好多了。

此时此刻，小赵该做的是转移注意力，但兜兜转转后，她还是忍不住旧话重提。

"依我看，"她说，"妳男友如果不是发生意外，就是铁定不爱妳了。"

"妳说什么？"谢小桐问。

"我说他不爱妳。"

"不，前一句。"

小赵想了想，答："依我看，妳男友如果不是发生意外……"

"发生意外"这四个字直冲谢小桐的脑门，她心想——是啊！他肯定是出意外了，否则不会不见她。

"喂！妳上哪儿去？"小赵对着一个背影喊。

"医院。"谢小桐头也不回地答。

第五十五章/被萧老板当枪使

謝小桐花了一整晚的時間查問巴厘島的各大醫院，皆沒有她描述的人入院，一時沒了主意。

"會不會……"跟在一旁的小趙欲言又止。

"不會的，如果真是那樣，我會感覺到。"

小趙心想——好個戀愛腦！連心電感應也用上了，不過這時候還是別勸解為妥，省得好心被當作驢肝肺，可是回程班機在即，怎麼也得出發了。

"還有4個小時，飛機就要起飛了，妳想改期嗎？"小趙問。

謝小桐思考了一下，她的盤纏不多，再待下去也未必有結果，還是按照原定計劃回國為佳。

"不改期，"她答，"我們現在就回酒店拿行李，然後搭車前往機場。"

坐在回程班機上，謝小桐的身體像被掏空了似，一路渾渾噩噩的……

反观成田骏，他被绑架到一栋陌生的小屋内，前不着村，后不着店的。

"兄弟，请别动粗，我把私钥交出来就是。"他说。

这三人感觉不对，怎么这么容易就交出私钥？不是应该经严刑拷打才肯吐真言吗？

成田骏解释他也曾为萧老板工作过，按资历，也算是他们的前辈，所以相当清楚其中的流程，与其被折磨得不成人形，倒不如乖乖就范。

"还前辈？"高个子的那位拍打一下成田骏的脑壳，"你知道一旦说出私钥，自己大概也小命不保？"

"我知道，"他叹了口气，"只求各位动作麻利点儿，别让我痛苦太久，还有，我的过错由我一人承担，千万别伤及无辜。"

这三位看在"前辈很爽快地给出私钥"的份上，并没有给成田骏苦头吃。两个小时过后，电话那头表示东西到手了。

"老板，我们该怎么处置这个人？"接听电话的人问。

"把他押回国。"

"不是应该弄死吗？当场弄死比较简单。"

"干！你是老板还是我是老板？我说押回国就押回国。"

"老板，你也知道成田骏被警方通缉，他连飞机都上不了。"

"这是我的问题吗？他若回不来，你们仨也不用回了。"

后来，这三人使用非法手段将人押回国，并把人带至杨宅。

"你就是大名鼎鼎的成田骏？"宁韦上下打量，"杨老板在房间内睡得死死的，你进去让他说出私钥。"

成田骏问为什么是他？宁韦答不知道，这个只有萧老板清楚。

话说宁韦是真不知道，他好不容易才把一直去除不掉的老汪换了班，此时此刻杨宅上下全是自己人，正是下手的最好时机，哪晓得萧老板忽然喊停，并且下令让他们全撤到屋外，改由成田骏上阵。

"萧老板在哪儿？"成田骏又问。

"告诉你也无妨，他正在东南亚的某个小国，具体位置无人知晓。"

宁韦嘴巴答不知道具体位置，但一个小时前已通过手机定位得知小赵去了老挝（这个女人没按既定行程回国，反而直接去了老挝，很可能临时接到大Boss的命令）。如果小赵去了老挝，代表她保护的人（谢小桐）也跟着去，所以他猜老挝便是萧老板目前的藏身之处，而且正挟持谢小桐。

那么萧老板又是怎么想的？由于成田骏的背叛，他过了近四年流离失所的日子，此不共戴天之仇岂能只用一死来解恨？怎么也得榨干这个叛徒的最后利用价值（藉他之手，杀了杨守光），不仅照样能送成田骏走上黄泉路，连此人的恋情也一并破坏了（谢小桐若知道是成田骏杀了她舅舅，岂不恨死？），这才是杀人诛心的最高境界！

以上这些，成田骏全然不知情，只当自己又再次为萧老板做恶。

"如果我成功拿到私钥，能否饶我不死？"成田骏问。

"切，你以为自己还有资格谈条件？"宁韦脸露不屑，"进去！我们在这里守着，你休想轻举妄动。"

成田骏别无他法，只能进屋去。

第五十六章/惊魂时刻

当杨守光见到床前站着一个人时，只当他是新来的保镖。

"你站在这儿干嘛？出去！"杨守光没好气地下令。

成田骏二话不说，立即给他一个下马威，杨守光何尝遭过"锁喉"这种罪？赶紧求饶。

"交出私钥！"成田骏命令。

"什……什么私钥？"

成田骏再次施力，杨守光感觉自己的脖子就要断了，只能哀求对方放过自己，有话好好说。

"看来不放狠招，你是不会交出私钥的，我只好先断了你的手臂。"

杨守光还没来得及"利诱"，便听到喀呲一声，完了，他的左手真的断了。

"要不要再断了你的右手？"成田骏问。

"不不不，我说就是，你别冲动！"杨守光带着哭声答。

得到私钥的成田骏立马通知宁韦，后者递过来一部手机，成田骏对着手机就是一阵输出。

"萧老板，我已经告诉你私钥了，人该怎么处理？"成田骏问。

"你是第一次替我办事吗？我当然得查查私钥能不能对得上。"

通话完毕后，断了手臂的杨守光问进到房内的宁韦："莫非你也是团伙之一？"

"我？我当然不是，我是警察，你忘了？"

知道自己信任的人竟然也是歹徒之一，杨守光绝望了，心想这次肯定凶多吉少。

在等待的时间里，受伤的杨守光一直喊疼，不堪其扰的宁韦遂把手机留下，自己退了出去。

也不知又过了多久，手机忽然铃声大作，电话里的萧老板怒不可遏，因为私钥没对上。

"告诉他，"萧老板咆哮着，"如果再不说实话，我让他的外甥女谢小桐生不如死。"

成田骏听完，心头一颤，忙问："你说的谢小桐是我认识的谢小桐吗？"

"当然，要不要听听她的声音？"

接下来，成田骏听到朝思暮想的声音，可是……

"骏，他们说你坏事做尽，这是真的吗？"

"桐桐，妳听我说，事情并不像妳想的那样，我可以解释。"

219

当成田骏洋洋洒洒地替自己辩白时，电话那头传来萧老板的笑声。

成田骏很是不悦，责问谢小桐呢？让她接听电话！

"干！你是老板还是我是老板？我给你十分钟的时间，十分钟一到，若还是拿不到私钥，你女人的手指头就不保了。"

本来成田骏不知道萧老板抓了谢小桐，所以无畏地说出私钥（虽然后来证实是假的）。如今知道了，他变得谨慎起来，因为即使告知真正的私钥，谢小桐也难逃一死。

"萧老板，你的最终目的无非是得到比特币，又何必给我制造压力？换作是你，在明知自己的最后下场也是一死的情况下，想必也不会那么容易松口，就算是亲外甥女又如何？自己都泥菩萨过江了，还顾得了别人？"

萧老板想想也对，于是问成田骏需要多久时间？

"怎么也得磨个几天，端看对方的忍痛力如何。"他答。

"那太久了，我只给你一天的时间。"萧老板说。

挂断电话后，成田骏沉默不语。

"你……你们怎么会提到谢小桐？"杨老板忽然开口。

成田骏这时才大梦初醒，同时感到内疚，因为当他折磨杨老板时，压根儿就不知道此人是谢小桐的舅舅。

"杨先生，对不起，我不知道你是谢小桐的舅舅，让你受苦了。"

"这么说，你们嘴里的谢小桐真的是我的外甥女，她怎么了？快告诉我！"

事已至此，成田骏只好说出"部分"实情。

"听着，只要我的小桐安全，我愿意交出真正的私钥。"杨守光急急地说。

"问题是即使给了真正的私钥，你、谢小桐、我，最终还是厄运难逃。"

听到这个，杨守光绝望了，全身像被抽干了血液。

"别气馁，"成田骏答，"我会想出办法的，只要按照我说的做，或许我们仨都还有活命的机会。"

当宁韦推开房门时，一股蛮力火速将他往屋内拖去。不一会儿，分别接到宁韦指令的其他团伙一前一后进入杨守光的房间，皆得到同样的待遇。

几个小时后，接获线报的中方警察连同当地警察一同闯入萧老板的巢穴（依据宁韦的手机定位）。一番弹如飞蝗下，萧老板中弹身亡，谢小桐得救了，可是"间接"立下汗马功劳的成田骏却不知去向……

第五十七章/二十年之约（完结篇）

获救后的谢小桐大病了一场，后来身体虽康复了，精神状态却堪忧，医生说她得了创伤后应激障碍，这种心理疾病多是因经历或见证了恐怖事件而起，症状可能包括幻觉、梦魇、重度焦虑以及无法控制地想起某事……

"想谈谈妳被禁锢的过程吗？"心理医生问。

"不想。"她答。

"最近还失眠吗？"心理医生又问。

"是的。"

"妳失眠的时候都想些什么？"

谢小桐想的可多了，那些不堪回首的往事像走马灯一样，历历在目。

"想为什么是我？"她答，"不瞒你说，现在我对周围感到恐惧，害怕再一次受伤害。"

"那么曾伤害过妳的人或事还存在威胁吗？"

这个问题一丢出后，谢小桐开始剖析——主谋头子已死，他的手下也一一被逮捕，威胁应该不存在了。

"没有……吧？！"

"既然没有，那么妳恐惧什么？"

"我恐惧不清楚周围的人到底是真诚待我还是出于某种目的。"

"有具体的怀疑对象吗？"

话音一落，谢小桐的脑海里立即浮现一个人。

"没有。"她答。

"如果妳想解开心结，就必须诚实作答，否则永远也无法解开。"

谢小桐仍死鸭子嘴硬，但心理医生捅破她的谎言，因为她的微表情泄了密。

"好吧！我承认的确是有这么一个人。"她说。

"那个人……还在吗？"

谢小桐愣了好几秒钟后，才意识到心理医生问的是什么。

"我猜他还活着，只是不清楚人在哪里，这辈子是否还能再见面？"

这样的心理治疗持续了一段时间，可是收效甚微，原因在于谢小桐做不到全然的信任；反观她舅舅，对同一位医生却是赞不绝口，因为此人真的治好了他的焦虑症。

"那也看人吧！"她说，"我就无法毫无保留地对一个陌生人敞开心扉。"

"那是医生啊！"她舅舅答，"医生是来治妳的病，有什么好怀疑的？"

谢小桐注意到舅舅很容易对某种职业产生信任感，宁韦不正是以警察的身份博取他的信赖？反观自己，她不也相信了成田骏的卧底警察身份并且全力支持？

"没办法，现在除了爸、妈和舅舅，我谁也不信。"她答。

"也对，这世道千万别轻易信人，好比妳认识的成田骏，断我手臂时的狠劲，到现在我还瑟瑟发抖，谁能想到几个小时后却变了个人似的，我都不知该信哪一个才好。还有，我问他要逃到哪里去？他竟答逃到哪里都一样，反正最后会回到有风吹过的地方。妳说这是什么乱七八糟的答案？地球上还有风没吹过的地方吗？"

谢小桐被当头一棒，有风吹过的地方不正是……

话说很久以前，谢小桐和成田骏曾针对法律追诉期有过以下对话：

"如果有一天……我希望自己能拖过20年。"

"别胡思乱想！你一定能很快洗雪冤屈，不需要等那么久。"

"唉！"

"相信我，一定不用等20年，别气馁哈！"

"如果……我是说如果，如果真到了那个地步，妳会等我吗？"

"可能……会吧？！"

"那我们勾勾手……即使到时候妳已经结婚了，我还是希望能见上一面。"

"好，你说在哪里见？"

"有一部日本动画电影叫《起风了》，答案就在电影里。"

那次谈话过后，谢小桐曾试图找出那部电影，可惜无果，今日经舅舅一提醒，她决定无论如何都要找到，还好天从人愿，可是看完电影后，她仍不清楚具体约在哪里见面。

既然电影无法解惑，谢小桐转向网络，经几日来的搜索，终于有了重大发现——导演宫崎骏在创作该部电影时其实参考了部分实景，好比影片中的飞行场景，灵感其实来自岐阜空军基地，而男主角制作飞机的地方据说是三菱内燃机制造所，至于电影中男女主角同时入住的草轻酒店则是以万平酒店为原型，该酒店位于轻井泽，已有上百年的历史……

谢小桐犯了难，答案不止一个，这约的是哪儿啊？

几日过后，她又做了心理健康咨询，这是疗程中的一环，很早以前就订下的。

"最近感觉如何？"心理医生问。

"还行吧！"

"有做什么特别的事吗？"

"我看了一部电影。"

"能谈谈吗？"

本来谢小桐只想三言两语打发，没料到三言两语打发不了，结果便是从头到尾讲了一遍。

"听起来很有意思，"心理医生说，"妳为什么挑这部看？"

谢小桐话到嘴边却停下，心理医生问她为什么不回答？

不讳言地说，经历绑架事件后的谢小桐已不再轻易信人，带来的影响便是没了可以倾诉的树洞（虽然她的家人不会拒绝倾听，但事关成田骏，谢小桐也不好再给他们带来不好的回忆）。考虑再三，眼下能问的也只剩心理医生了。

"我问你个事儿，"她说，"如果你与某人约了见面，会选在哪里？一是空军基地；二是内燃机制造所；三是酒店。"

"肯定是酒店，"心理医生答，"因为空军基地一般人进不了，而内燃机制造所大概也只有工作人员能进出，即便约在那里，恐怕也不惬意，除非不介意场所的吵杂。对了，妳为什么问这个？"

"没什么，"谢小桐难掩欣喜，"我舅舅对你的评价很高，我也是。"

这突来的转变让心理医生有些无所适从，但还是礼貌性地答了一声："谢谢。"

往后几年，谢小桐时不时总会收到来自世界各地的空白明信片，她知道是谁寄的，也知道这是邮寄的人在向她报平安……

"骏，你一定要好好的，我等不及要与你相会。"当接到一张绘有风车图案的明信片时，谢小桐忍不住隔空喊话。

此时，在世界某个角落的成田骏似乎感应到了，他随手折了一架纸飞机，用力往窗外一掷……

几分钟后，一名小男孩捡到纸飞机，发现上面写着几个方块字，遂拿着去问老师，老师检索后告诉他："这是汉字，意思是'我爱谢小桐'。"

"谁是谢小桐？"男孩问。

"不知道，不过她肯定很幸福。"老师答。

"为什么？"

"因为有人爱着她啊！"

小男孩似懂非懂，把玩一下纸飞机后，将它射向天空
……

（全文完）

【看不够吗？B杜的下一本言情小说《章小舫》正等着
您，以下是前三章，先睹为快。】

《章小舫》

第一章 / 人间富贵花

章小舫大概是长三角地区第一位拥有个人衣帽间的小学生吧？！可是她仍不满意，因为父母有收纳珠宝和手表的展示柜，而她没有。

"囡囡，等妳再大一点儿，我们就移民美国，到时候一定给妳一个带展示柜的衣帽间。"她母亲对她说。

章家不是上海本地人，顶多算是新上海人，但章小舫的母亲还是跟着上海人的唤法，亲昵地喊自己的女儿"囡囡"，也就是"宝贝儿"的意思

"章太太，您家何时移民美国？"得到第一手消息的美发师立马来了精神，"如果真移民了，又会住在哪个城市？"

"再过两年吧！"章太太答，"我们申请的是商业移民，应该很快会批下来，不过囡囡才小学五年级，怎么也得等她小学毕业吧？！至于城市，我想去纽约，可是我先生想去圣荷西，理由是圣荷西在美国西海岸，天气比纽约好太多。"

美发师听过纽约，但没听过圣荷西，即便如此，她仍频频点头附和，仿佛对这两处地方熟得不得了。

"姆妈，我不想去美国。"章小舫嘟着嘴，"Wendy说美国饭难吃，晚上也没什么好玩的，无聊死了！"

"那是因为Wendy去的是乡下，当然不好玩。"她母亲说，"换成纽约就不一样了，那是一座不夜城，好玩的地方可多了。"

因为这个回答，章小舫立即爱上纽约，心想到时候肯定投母亲一票，孤掌难鸣的父亲也只能点头同意。

"章太太，你们一家都好有福气呦！那么快就要到美国享福了。"美发师边盘发边羡慕，"话说回来，失去您这个大客户，我还真有点儿舍不得。"

"有什么舍不得的？如果妳愿意，可以跟我们一起到美国，就像我家厨子一样，到时候我让我先生给妳申请个工作签证。"

听到自己也能到美国见世面，美发师的声音立即高八度，嚷着肯定是上辈子烧高香，这辈子才能遇到像章太太这样的贵人……

这可不是过分吹嘘，章太太的确是美发师的贵人，只因一次偶然的相遇，便让对方上门服务，一周总有个三、五次，每次固定给100元小费，对于底薪只有3000元的美发师来说，不啻为一笔不菲的外快。如今章太太又慷慨地给出承诺，对于怀有"美国梦"的人来说，不啻天上掉馅饼。

"好了，章太太，您看满不满意？"美发师讨好地问。

为了参加今晚的跨年酒会，章太太特意选了红色礼服，美发师便在盘好的发上插上一支同色发簪，看起来喜气洋洋。

"还行吧！"章太太对着镜子左看右瞧，"今天的发胶气味不太好闻。"

"对不起，下回我会注意。"美发师诚惶诚恐地答。

待章太太起身去挑配饰，美发师问章小舫想扎什么辫子？

"我不想扎辫子，我想把头发卷成大波浪。"她答。

"妳才多大？大波浪看起来会很老气。"美发师答。

"我不管，我就要大波浪。"

美发师的内心咒骂一句，但脸上还是带着笑，不一会儿便动手为小主人卷发……

当章家一家三口出现在酒会会场时，商会主席陈文夕立即迎上前去。

"怎么现在才来？害我好等。"陈主席说。

"没办法，我家司令忽然改主意，为了等她换好旗袍，我抽完一整包的红河道。"章先生答。

"别赖我，"章太太睨了自己的老公一眼，"是谁硬要把车拿去送洗？"

面对老婆不留情面的吐槽，章先生无奈表示平常他开玛莎拉蒂或宾利，今晚是盛会，怎么也得把捷豹老爷车开出来，岂料这时才发现爱车已蒙尘，只能开到洗车店清洗。

"哈哈哈……"陈主席笑不可支，"怎么我就没此等烦恼？看来还是老弟混得好。"

"哪里哪里，不过混口饭吃。"章先生转向自己的女儿，"喊人啊！宝贝儿。"

过去一年，章小舫已见过Uncle陈不下数十次，早已相当熟稔，遂大方地打了声招呼，接着迳直走向Auntie陈。

章小舫口中的Uncle陈和Auntie陈是一对声誉良好的夫妻，唯一的儿子常年在欧洲打拼，极少回国，两夫妻自然而然地将情感投放在活泼可爱的章小舫身上，待她就像自己的亲闺女一样（如果老来得女，不也是这个岁数？）。

"原来是小舫啊！"Auntie陈笑眯眯地说，"妳今天的发型不一样，我差点儿没认出来。"

"好看吗？"章小舫摸摸自己的大波浪问。

"当然，妳绑辫子好看，不绑辫子也好看，怎么样都好看。"

章小舫很满意这样的回答，事实上，她也没什么可抱怨，因为围绕在她身边的几乎全是好人，不是赞美她就是随时准备为她提供帮助，所谓的"坏人"只存在电影或电视剧中。

"Auntie，"章小舫接住递过来的橙汁，"听说今晚追风少年会上台表演，表演过后，我能跟他们合影吗？"

"当然可以，我来安排。"

后来，章小舫不仅拿到与偶像的合影照，还加了联系方式，看来她能在朋友圈好好地炫耀一番。

"小舫，今晚玩得开心吗？"酒会结束后，Auntie陈问。

"开心，不过……"

"不过什么？"

"不过我的作业还没写完，很怕后天上课交不了。"

"如果交不了，老师会骂人吗？"

章小舫答不会，但会找家长谈话。

"那么妳爸或妳妈会给妳苦头吃吗？"Auntie陈又问。

章小舫的父母对她向来溺宠，连话都不敢说得太大声，怎会给她苦头吃？

"不会。"她果断地答。

Auntie陈说既然如此，有什么好担忧的？

章小舫想想也对（到时候大不了承认自己贪玩，老师看在假期的份上，大概率会网开一面），遂又笑颜逐开。

"对，就是这样！"Auntie陈拍拍章小舫的小脸，"记住了，不管任何事情发生，都要保持微笑，妳不知道妳笑起来有多好看。"

章小舫当然知道自己好看，笑起来尤甚，所以从不吝惜对周遭报以微笑，而这个世界也没让她失望，不仅要风得风，要雨得雨，还总能大事化小，小事化无（好比这次的作业事件）。

这就是章小舫，一朵总是顺遂无虞的人间富贵花……

第二章/败家女

❦

章太太没有工作，平日最大的爱好便是逛街，她的足迹几乎踏遍海内外所有知名的商场，逛奢侈品店就像逛超市一样便利与自然。

"章太太，今日新货到，要不要试试？"某柜姐说。

"行吧！"她转向自己的女儿，"囡囡，妳坐这儿，姆妈一会儿就好。"

章小舫知道母亲一试起衣服和鞋包，绝不可能一会儿就好，于是拿出纸笔，画出一件又一件的华美服装。

"哇！这是妳画的？"一位柜姐嚷着，"真厉害！"

章小舫不动声色，继续涂鸦。

踢到铁板的柜姐仍不死心，喊来一帮柜姐，在众人的甜蜜攻势下，章小舫终于松口，答："我随便画的，比起 Karl Lagerfeld、Valentino Garavani 和 Yohji Yamamoto，我还有很多要学习的。"

章小舫在国际学校就读，一口英语本来就说得字正腔圆，不过这还不是最令人尴尬的，而是她提到的三个人名，柜姐一个也不识。

"妳听过草间弥生吗？我们店里就有她的作品。"一位柜姐说，想扳回颜面的意味浓厚。

"妳说的是Kusama Yayoi吧？！我也很喜欢她的作品，但她不是设计师，而是艺术家，顶多只是让商家使用她的绘画元素。"

起初，柜姐们不过是给个高帽戴，没想到连续被这个身高不到一米五的小孩打脸，面子上下不来，但又不能得罪优质客户的女儿，只好一哄而散。

"囡囡，妳看这个包好看吗？"章太太提着一个包问女儿。

章小舫一看，这不是Kusama Yayoi的波点艺术吗？

"好看，妳喜欢就好。"她答。

站在一旁的柜姐此时长舒一口气，她原以为这个小妮子会说出一些"令人不安"的话来，进而让她少赚佣金，还好没有。

离开"成人"奢侈品店后，母女俩转战高奢少女服饰店，在陆续买下章小舫要的吊带裙、水晶手链和发带后，一大一小这才走进已事先预约好的餐厅吃下午茶。

这么说吧！如果章太太的爱好是逛街，那么她女儿的爱好便是在这个基础上继续发扬光大，还好章先生日进斗金，否则如何养得起两个"败家女"？

"囡囡，吃完下午茶，妳还想去哪儿？"章太太问。

"我想到外文书店买最新的时尚杂志，再到植村秀的柜台买眼影。"

自从知道自己的偶像Karl Lagerfeld使用植村秀的眼影画设计稿后，章小舫便有样学样，家里已经有大大小小的眼影盘，可是她仍持续进货，仿佛不要钱似的，而说起时尚杂志，那又是另一个故事——家里明明已经订阅中文版，偏偏章小舫要看英文版，以致同一个屋檐下出现两本内容相同但版本不一的杂志。

以上若搁在普通人家，肯定会被批评浪费，然而章家不是普通人家，不出意外的话，这种"肆意妄为"的生活起码还能再过个五十年。

吃完下午茶，这对母女终于决定打道回府，不巧的是外面正下起倾盆大雨，而司机老刘又把车停在马路对面（理由是商场前不让停车）。

"不行，你马上把车开过来，我不想弄脏我的Jimmy Choo。"章太太对着手机说。

任性的结果便是收到一张违规停车的罚单，但相比八万元一双的手工定制鞋，那简直便宜得不要不要的。

可想而知，耳濡目染下的章小舫养成了"买东西从不看价格"和"花钱买便利"的习惯。如果有人告诉她买东西得"货比三家"，她会嗤之以鼻，因为同样的时间可以做更有意义的事，好比看电影、做美甲、游泳、打高尔夫……等，何苦为了"几块钱"伤神？所以当她的母亲不再花钱大手大脚，并且开始"货比三家"时，章小舫感到迷茫。对此，她母亲的解释是——咱家就要移民美国了，把钱省下来到美国花不好吗？再说，现在买的越多，到时候搬的就越辛苦。

"所谓的省钱也包括地下室那十几辆车吗？"章小舫问。

"当然，车子的运输费很贵，倒不如卖了，到美国再买新的。"

"那家里的司机、厨子、阿姨和园丁呢？我以为他们会跟我们一起到美国，连同那个已经许久不见的美发师

236

。”

“囡囡，妳不懂，我们是商业移民，得雇美国籍员工才行。”

章小舫的确不懂大人的世界，只知道惯坐的车子一辆接一辆地消失，最后换上不知名的小车，家里也因为少了做事的人，乱了不止一星半点，如果不是一家三口尚住在原来的房子里，上的学校也没变，章小舫或许会早一步产生危机意识。

事情的转折发生在两周后，当时章父章母关在房间里讲话，客厅茶几上的手机忽然响了一声，章小舫本想通知父亲，但走到房门口又踅回。几经犹豫，她还是没逃过好奇心的驱使，这才发现父亲的秘密——一条催债短信。

“不，不会有人向阿爸催债，这不是真的，一定是恶作剧！”她边安慰自己边上床。

这是章小舫惯用的法子，只要吃颗糖（此时她已刷牙完毕，并不想吃糖）或睡上一觉，所有雾霾都会在醒来后消失殆尽。

隔天，章小舫从 Hstens Vividus 的床垫上醒来，雾霾果然烟消云散，因为母亲告诉她——今天放学后，Uncle 陈会接她去他家住。

“妳和阿爸呢？”章小舫问。

“我们得忙着移民，一旦在美国安顿下来，就会接妳过去。”

章小舫心想这样最好，她可不愿像只无头苍蝇似地在一个陌生环境中到处乱窜，遂答：“行，没问题。”

“那给姆妈香一个。”她母亲说。

章小舫抱住母亲，左右脸颊各亲一个。

"也给阿爸香一个。"她母亲说。

于是章小舫跳下床，直奔父亲怀里。

事后回想，这大概是章家家道中落前最温馨的一刻，因为接下来就愁云惨雾了（不过受影响的只有章父章母二人，章小舫这朵人间富贵花依旧开得灿烂）……

第三章/家变

章先生和章太太原本的计划是——等女儿小学一毕业便拿着有效期为两年的"临时绿卡"全家远赴美国。如今"临时绿卡"到手了，可是出行人却只有两人。

"把囡囡单独留下来好吗？"章太太忧心忡忡地说。

"不然呢？妳打算让她陪我们吃苦？"

话说章先生从腰缠万贯到阮囊羞涩只用了短短两天的时间，简直不可思议，连电视剧都不敢这么演。为此，他懊悔不已，怎么就忽然鬼迷心窍了呢？

如果光只是章先生一人的一时糊涂，还不致于陷入万劫不复的境地，问题出在随行的章太太身上，她玩起骰宝来，不仅输得连底裤都没了，还倒贴一大笔钱。

对此，章太太有不一样的解读。

"这事不能全怪我，"她说，"一开始有输有赢，但接下来就不是那么回事了，我押大就出小，押小就出大，好不容易押大出大，押小出小，偏偏就来个围骰，简直见鬼了！"

（注：如果三个色子点数一样，庄家通吃，也就是所谓的"围骰"，意即无论押大或押小，下注者皆输。）

"我没怪妳玩，可是妳怎么会输光手中的筹码还跟赌场借？借了也就罢了，还不跟我说，直到累积到一个可怕的数字，此时就算天王老子来了，也照样回天乏术。"

"我……我以为家里的存款比那个多得多，还有，我不相信自己的运气会这么背，一心想把输掉的钱给赢回来，加的筹码也就越来越大，以致于到最后一共向赌场借了多少，我完全不清楚。"章太太弱弱地答。

这也是章先生的不明白之处，他玩的百家乐多少靠点儿技巧，不像太太玩的骰宝，基本靠运气。换言之，骰宝的输赢应该接近五五开，怎么就兵败如山倒？

然而他太太借钱一事不假，一次下注曾高达20万美金也是事实（有录像和签名为证），现在说什么都太晚了……

从拉斯维加斯回来后，这对夫妻一直在"暗中"筹钱，但情况很不理想，为了在期限内还上欠款，章先生只好向地下钱庄求助，虽然躲过赌场的围剿，但利滚利的结果，成功让章家一贫如洗，若不是太太再三请求，他恐怕不会花高价又住回已出售的房子内，同时预付一年的国际学校学费，为的就是保住最后的颜面，尤其不能让唯一的宝贝女儿发现这个家已今非昔比……

当一切都出清并且还完所有欠款，章先生的手里大概还剩三十万元不到。

"就这么点儿钱，恐怕很快又要走投无路了。"章太太绝望地说。

"天无绝人之路，总会有办法的。"章先生安慰她。

也许保密工夫做得好，章家的身边人皆以为这一家三口就要飞到美国，继续过上等人的生活，这也包括那对即将被委以重任的陈氏夫妻。

"这样好吗？非亲非故的，他们会愿意吗？"章太太惶惶不安地问。

"把女儿交给老陈夫妇乃无奈之举，"她老公答，"目前也只有他们能让小舫的生活水平不下降。倘若留给亲戚，那差距就大了，女儿难免会有失落感，这是我们最不愿见到的事。"

"可是我们要如何解释这件事？"

"就说不愿孩子在学期当中中断学业，他们会理解的。"

虽然老陈夫妇一向善待章小舫，但真要把孩子送过去又是另一回事，章太太很担心对方会拒绝。

"妳说的对，所以我打算给他们一笔钱。"章先生说。

"给钱？"章太太扬起声，"我们哪来的钱？"

"妳不是还有一只爱马什包？"

此话一出，这位已经心力交瘁的女人瞬间受到很大的冲击。

是这样的，章太太曾有一柜子的名牌包，为了还债，不得不低价出售，只保留一只爱马仕，如今连这一只也难保，怎不令她唏嘘？

"你知道这只包是怎么来的吗？"她神情哀怨地问。

章先生叹了口气，答："我相信这只包对妳的意义重大，但再怎么大也大不过咱们的女儿，妳想要小舫在别人的屋檐下窝窝囊囊地活着吗？"

囡囡是章太太的心头肉，她宁愿苦自己，也不愿女儿受一丁点儿委屈，所以只一会儿的工夫，她便与自己和解了。

就在售包后的那个周末，章家邀陈家吃私房菜，席间便把女儿托付出去。

"没问题，小舫就像我们的女儿一样，我们一定会尽心尽力照顾好她。"陈太太说。

"既然我太太同意了，我没意见，只是你们何时接她去美国？"陈先生问。

这个问题章先生和章太太已事先讨论过，所以口径完全一致——七年级开始前就会接走女儿。

陈家二老一合计，不过五个月的时间，所以婉拒章家递过来的生活费。

就这样，章小舫住进了陈家，在两老的呵护与疼爱下，又过上锦衣玉食且有求必应的生活，直到那通电话的到来……

作者介绍

在异国的背景下加入缠绵悱恻的爱情故事是B杜小说的一大特点，她的文笔清新、笔触诙谐、画面感很强，读完小说有种看完一部爱情偶像剧的感觉，特别适合怀春少女及对爱情有憧憬的女性阅读。

另外，B杜还创作了散文、严肃小说、系列小说等，欢迎关注。

ALSO BY B杜

《謝小桐》（繁體字版）Miss Xie （in traditional Chinese characters)

* * *

《法兰西情人》Love in France

《东瀛之爱》Love in Japan

《新西兰之恋》Love in New Zealand

《英伦玫瑰》Love in England

《爱在暹罗》Love in Thailand

《情定布拉格》Love in Prague

《狮城情缘》Love in Singapore

《爱上比佛利》Love in Beverly Hills

《梦回枫叶国》Love in Canada

《早安，欧巴》Love in Korea

244

《我在苏黎世等风也等你》

Love in Switzerland

《迪拜公主的秘密情人》Love in Dubai

《马力历险记1之地球轴心》The Adventure of Ma Li (1): The Time Axis

《马力历险记2之黄金国》The Adventure of Ma Li (2): Eldorado

《马力历险记3之可可岛宝藏》

The Adventure of Ma Li (3): The Treasure of Cocos Island

《B杜极短篇故事集 (1~100)》A Word to the Wise (Tales 1~100)

《B杜极短篇故事集 (101~200)》A Word to the Wise (Tales 101~200)

《B杜极短篇故事集 (201~300)》A Word to the Wise (Tales 201~300)

《B杜极短篇故事集 (301~400)》A Word to the Wise (Tales 301~400)

《B杜极短篇故事集 (401~500)》A Word to the Wise (Tales 401~500)

《B杜极短篇故事集 (501~600)》A Word to the Wise (Tales 501~600)

《B杜极短篇故事集 (601~700)》A Word to the Wise (Tales 601~700)

《B杜极短篇故事集 (701~800)》A Word to the Wise (Tales 701~800)

《巫觋咖啡馆之梧桐路篇》

The Witch & Warlock Café on Wutong Road

《巫觋茶馆之浣纱路篇》

The Witch & Warlock Teahouse on Huansha Road

《鸿沟》A World Apart

《洁西卡》Jessica

《我的泰国养老生活 1》My Retirement Life in Thailand 1

《我的泰国养老生活 2》My Retirement Life in Thailand 2

《夏小希》Miss Xia

出版社介绍

如意出版社（Luyi Publishing）在英国注册，致力于将优秀作品介绍给全球读者，联系方式如下：

邮箱1: Luyipublishing@163.com

邮箱2: Luyipublishing@gmail.com

www.ingramcontent.com/pod-product-compliance
Ingram Content Group UK Ltd.
Pitfield, Milton Keynes, MK11 3LW, UK
UKHW032016070225
454812UK00001B/90

9 781915 884435